패치워크

패치워크
patchwork

방희진 소설

나루서가

차례

늦봄 007
친한 사람들 035
밤이 지나가고 065
패치워크 093
디드로의 가운 127
이불 159
일곱 발짝 185
꼭꼭 숨어라 머리카락 보일라 215

발문 | 구효서(소설가) 243
작가의 말 253

늦봄

"어쩌다 그랬어요?" 경식이 물었다.

그가 계산대를 넘어오던 상체를 곧추세웠다. 상처난 진주의 왼쪽 팔목을 부여잡을 듯 허우적대던 두 손도 허리 뒤로 감추었다. 하지만 커진 눈은 그대로였고 이마에 주름이 몰려 있었다.

진주는 두세 발짝 계산대 앞으로 다가갔다. 경식의 행동에 놀라 두세 발짝 뒷걸음쳤기 때문이었다. 다가가면서 소매를 내려 왼쪽 팔목을 가렸다. 지갑에서 신용카드를 꺼내려 팔을 구부렸을 때 소매가 당겨 올라간 모양이었다. 그의 걱정 실린 목소리가 다시 들려왔다.

"약은 발랐어요? 그냥 두면 흉이 진다구요."

"다 나은걸요, 뭐."

진주는 아무렇지 않은 척 신용카드를 내밀었다. 계산은 금세 끝났다. 그녀는 방금 산 매그놀리아 토분과 장바구니를 바닥에서 주워 각각 양손에 들었다. 경식이 저기, 하고 입을 열었다. 진주는 간발 앞서 몸을 돌렸고 출입문 쪽으로 빠르게 걸어갔다. 통로를 따라 늘어선 벤자민고무나무며 켄티아야자 잎들이 그녀를 따라 출렁거렸다. 등 뒤에서 경식이 소리쳤다.

"무거울 텐데, 들어다 드릴게요."

화원과 슈퍼마켓이 이웃하고 그다음은 제과점이었다. 진주는 제과점 모퉁이로 꺾어지고 나서야 뒤를 돌아보았다. 그곳에선 경식의 화원이 보이지 않았다. 상가 앞의 완만한 경사를 따라 중학생쯤 되었을 소년 둘이 자전거를 타고 지나갔다. 그들의 긴 그림자가 눈 깜짝할 새 시야에서 사라졌다. 화원에서 이삼 분만 늦게 나왔다면 그들과 마주쳤을 테고 그들이 가는 방향을 좇아 고개를 돌렸을 것이다. 어쩐지 경식이 그때까지 문 앞에 서서 소년들을 보고 있을 것 같았다.

진주는 상가 뒤편으로 돌아갔다. 아파트 단지의 쪽문으로 들어가 근처 벤치에 짐을 부렸다. 에코 장바구니는 슈퍼에서 할인가에 산 생필품 따위로 가득했다. 마주 보이는 동의 몇몇 창에서 불빛이 새어나왔다. 진주는 오른쪽 라인을 따라 열둘을 세어 올라갔다. 유정의 집도 주방에 불이 켜져 있었다. 초등학생인 두 아이가 학원에서 돌아왔을 시간이었다. 머잖아 유정의 남편도 퇴근해 돌아올 터였다. 삼시 세끼 뭘 해 먹나 그 걱정뿐이라니까. 유정은 종종 푸념했지만 지금도 저 불빛 속에서 오늘의 마지막 한 끼를 준비하고 있을 거였다. 진주는 목적지를 수정하고 벤치에 앉았다.

나도 분투하다시피 살림에 열을 낸 적이 있었지. 불빛이 기억을 불러왔다. 둘러엎은 식탁과 목이 서늘하던 식칼, 강재의 일그러진 얼굴 따위들. 유정은 진주의 사정을 잘 아는 친구였다. 소도시 여고에서 만난 이래 대개는 서로에 대해 잘 알고 지내왔다. 유정이라면 경식의 이야기쯤 농담으로 날려주었을 텐데. 애, 그냥 연애나 해버려. 도망간 마누라도 젊은 애인 생겼다는데. 망설이는 사람 몫은 없는 거야. 경식은 유정의 오랜 이웃이었다.

진주는 파란 대문 앞에서 걸음을 멈췄다. 흰 장미가 담벼락에 부케처럼 늘어져 있었다. 부케? 하필 떠오른 게 부케라니. 진주는 대문 옆의 철계단을 뛰어올라갔다. 옥상에 발을 디디곤 지나온 길을 굽어보았다. 유정이 사는 아파트 단지는 불빛이 조금 더 늘어난 듯했다.

원룸에 저녁 빛이 번져가고 있었다. 소형 냉장고가 애써 조심하듯 작은 소리로 울었다. 진주는 접이식 식탁에 들고 온 물건들을 내려놓았다. 침잠해가는 빛에 속이 차분히 가라앉았다. 창가에서 재스민을 가져와 토분 입구에 대보았다. 황톳빛과 연초록의 대비가 보기 좋았다. 온라인 시장을 이용하려다 직접 살펴보고 고른 보람이 있었다. 배양토와 마사토는 유정이 주기로 했다. 유정의 베란다 정원은 3월에 분갈이를 마쳤다. 재스민은 언젠가 유정이 준 씨앗이 발아한 것이었다.

진주는 장바구니에서 치약과 비누를 꺼내 욕실로 가져갔다. 이것들을 선반에 얹는데 구석에서 파우치 샘플 몇 개가 바닥에 떨어졌다. 클렌징크림과 바디클렌저 샘플이었다. 양손에 짐을 든 채 쉬지 않고 왔더니 손과 팔이 떨렸다. 바닥에서 떨어진 것들을 주웠다. 팔목의 상처가 눈에 들어왔다. 유정의 말대로 자해 흔적처럼 보였다. 상처가 울어버린 옷감처럼 올록볼록하더니 이제 딱지가 앉기 시작했다. 딱지 앉은 모습이 꼬리를 맞댄 두 마리 노래기 같았다. 경식이 놀란 것도 무리는 아니었다. 어쩌다 그랬어요? 그의 목소리가 귀에 생생했다.

그날 유리잔을 깬 건 할머니의 전화를 받고 나서였다. 통화는 십 분 가까이 이어졌다. 할머니가 친척과 소도시 이웃들의 소식을 전해주었다. 전화를 끊어야 할 시점을 자꾸 놓치고 있었다. 할머니와 말이 섞이다 보면 어긋나기 일쑤였다. 어긋나고 나면 한동안 후회가 남았다. 그런데도 가끔은 제법 길게 말을 섞었고 또 어긋났다. 원인은 주로 진주의 신상에 관한 문제였다. 그게 본론이었다. 다시 좋은 사람을 만나라는 것. 그날은 본론이 여느 때와 몹시 달랐다.

"이제 술은 한 방울도 안 마신다는구나. 의심병도 술 탓에 생긴 거라고."

강재가 다녀간 것이었다. 강재는 못 본 새 외항선을 탄 모양이었다.

"네가 죽었는지 살았는지 그것도 모른다고 말은 했다만, 한사코 네 전화번호를 묻지 뭐냐."

전화번호뿐이었을까. 진주는 서둘러 마무리 인사를 했다. 할머니가 알 리 없었다. 자신이 소도시에 하나뿐인 대장간에 주문해서 만든 식칼이 다른 용도로도 쓰였다는 것을.

진주는 유리잔에 차가운 보리차를 따라 들이켰다. 머잖아 그는 현관문을 두드려댈 것이고 이웃들의 항의에 그녀는 이사를 결심할 터였다. 그런 일은 지난겨울 서울의 반지하 집이 마지막이어야 했다. 그녀는 열심히 도망쳤고 삼 년의 부재를 채워 법적 자유를 얻었다. 그녀로선 그것이 최선이었다. 소리가 멎고도 현관문 외시경 너머에서 서성이던 그가 떠올랐다. 슬픔과 무기력증이 동시에 밀려왔다. 힘이 풀리면서 유리잔이 손아귀를 벗어났다. 유리잔은 마룻바닥에 곤두박질쳐 산산이 부서졌다. 유리

늦봄 13

잔에 남아 있던 보리차가 함께 튀었다.

진주는 쭈그리고 앉아 유리 조각을 주워 모았다. 누구 전화야? 괜찮아, 솔직하게 말해봐. 강재가 다가와 속삭이곤 귀에 뜨거운 숨을 불어넣었다. 언제부터 아는 사이야? 그의 팔 하나가 목을 감고 한쪽 손이 집요하게 허리를 파고들었다. 훅 술 냄새가 끼쳤다. 진주는 그를 밀어냈다. 그럴수록 억센 팔이 더욱 거칠게 죄어왔다. 진주는 비명을 질렀다. 강재를 밀어내던 손이 세로로 길게 깨진 유리 조각을 쥔 채 자신의 팔목을 긋고 지나갔다. 싱싱하고 날카로운 아픔이 번개처럼 지나간 뒤 이윽고 어스름에 섞여 검붉어진 핏줄기가 팔목을 타고 흘러내렸다.

어쩌다 그랬어요? 경식의 크고 두툼한 손이 허공에서 허우적거렸다. 손이 닿지도 않았는데 온기가 느껴졌다. 문득 강재의 음성이 환청처럼 욕실에 울려퍼졌다. 걸레 같은 년. 진주는 벽에 등을 기댔다. 타일의 냉기가 서늘했다. 그녀는 울지 않았다. 눈물의 짠 기운은 사람을 부식시켰다. 눈물은 강재도 곧잘 흘렸다. 진주에게 두 손을 비비면서 말간 눈물을 쏟아냈다.

상처 한쪽이 가려웠다. 한번 가렵다고 느끼자 증상이 팔목 전체로 번졌다. 상처 딱지가 진짜 노래기 같아 떼어버리고 싶었다. 진주는 오른손 검지를 들어 그것을 긁어대기 시작했다. 노래기 몸마디 하나하나가 분홍빛 흉터를 드러내며 떨어져나갔다. 어느 지점에선가 설익은 딱지가 떨어졌다. 그 자리에 피가 고였다. 그녀는 티슈를 접어 상처에 대고 지그시 눌렀다. 거봐요, 약을 발라야 한다니까요. 머릿속에서 경식이 다시 말했다.

강사는 수업을 마치며 다시 한번 자격증 시험을 언급했다. 여러분 실력이면 모두 합격할 수 있어요. 아름다운 공간이 여러분 손에 달린 거죠. 필기시험은 내달 중순에도 있었다. 뒤에 치를 실기 점수를 합산해서 당락이 결정됐다. 물론 진주는 이번 시험에 도전해볼 생각이었다.

수강생들이 새일센터 부근에 있는 쌈밥집으로 몰려갔다. 진주는 그들과 어울려 점심을 먹고 찻집에서 커피를 마셨다. 두 달 동안 직업교육훈련으로 진행된 플로리스트 양성과정은 그것으로 끝이었다. 유정이 함께하지 못해서 아쉬웠다. 유정은 수강 신청까지 해놓곤 아버지가 수술하는 바람에 취소했다. 두 사람은 자격증의 쓸모를 기대했다. 유정은 유정대로 미래를 대비했다. 스트레스 말도 말래. 유정의 남편 이야기였다. 그는 지난 연말 회사에서 차장으로 승진했다.

진주는 시내버스를 타고 동네로 돌아왔다. 횡단보도를 건넜다. 반찬가게에 일거리가 있는지 알아볼 참이었다. 도움이 필요하다면 아주머니가 먼저 연락했을 텐데. 꾸역꾸역 망설임이 올라왔다. 그녀는 내처 걸었다. 살림에 열을 올린 경험이 반찬가게에선 유용했다. 집을 나와 전전한 식당에서도 마찬가지였다. 자격증을 따야지. 이것저것 제대로. 그녀는 주먹에 힘을 주었다. 삶을 하루 단위로 매기는 짓은 이제 그만하고 싶었다. 어쨌든 법적 자유까지 얻지 않았나.

반찬가게는 아파트 상가 맞은편의 작은 시장에 있었다. 제과점 앞에서 유정을 만났다. 며칠 전 집에 분갈이할 흙을 가져왔을 때 보곤 처음이었다. 진주가 새일센터에서의 일을 간단히 전했다. 당분간 화원에서 알바 좀 할 수 있냐고 유정이 물었다. 수국 잎에 흰곰팡이가 생겨 약을 사러 갔더니 경식이 일할 사람을 찾더라고 했다. 오후에 가게를 보는 조건이었다. 그런 일이라면 유정에게 해오던 부탁이었다. 진주가 경식을 알게 된 것도 유정이 화원 일을 봐줄 때였다.

"알다시피 난 가끔 아버지를 돌봐야 해서."

퇴원하고 소도시로 돌아간 유정의 아버지는 외래 치료 때 딸의 집에서 묵었다.

"아이가 학교에 사흘째 무단결석이래."

유정이 마저 말했다. 경식의 초등학생 딸이 또 엄마에게 간 듯했다. 엄마 집 근처의 학교로 옮겨달라고 조르다가 아빠에게 말도 없이 가버렸다고 했다. 경식의 전처는 수원에서 단란주점을 했다. 서울 남쪽 도시인 이곳에서도 멀지 않았다. 아이를 기를 권리는 경식에게 있었다. 유정에 따르면 전처는 활달하고 신명 많은 타입이었다. 가정도 화원도 갑갑했으리라고 했다.

 진주는 좋다고 대답했다. 두 사람은 화원에 들러 이 사실을 알리기로 했다. 완만한 경사로를 내려가며 유정은 아이 이야기를 계속했다. 살뜰하게 보살핀 엄마도 아닌데 아이가 찾는 걸 보면 무서운 생각이 들더라고 했다. 엄마의 집에는 엄마의 젊은 애인이 동거 중이었다. 그들은 동업 관계라고 했다. 사춘기라서 그런 걸까. 진주가 혼잣말처럼 말했다. 사춘기 여자아이에게는 엄마가 필요할 테니까. 이 말은 삼켰다. 묻고 싶은 게 많을 테지. 이 말도 삼켰다. 삼킨 말들이 찌릿한 느낌을 남겼다. 유정이 진주의 얼굴을 슬쩍 쳐다보곤 어깨를 툭 쳤다.

 이내 경식의 화원 앞이었다. 출입문이 열려 있었다. 직업교육 훈련의 연장 같다고 진주는 생각했다. 뜻밖의 현장실습이었다. 그녀는 왼쪽 팔목을 들어올렸다. 소매를 위로 당겼다. 두 마리 노래기는 사라지고 그 자리에 옅은 분홍빛 자국이 반들거렸다.

 진주는 스위트스킨 장미 한 다발을 다듬었다. 사각 유리 화병이 피치 톤의 장미로 화사했다. 스위트피와 데니스보덴, 유칼립투스 들도 손질해야 했다. 잠깐이면 끝날 거였다. 재료들은 곧 경식의 손길에 꽃바구니로 변신할 터였다. 그가 휴대전화로 주문받아 진주에게 요청한 일이었다. 주문은 대개 그의 휴대전화로 왔다. 인근 주민이 퇴근길에 가져갈 생일 꽃바구니였다.

경식이 화원을 비우는 시간은 일정하지 않았다. 오후 몇 시간일 때도 있었고 어느 날은 가게에 틀어박혀 지냈다. 진주의 근무일은 보름으로 정해졌다. 이후에는 상황에 따라 조절하기로 했다. 화원에 나온 지 일주일째였다. 유정과 화원에 다녀간 다음 날부터 출근했다. 진주는 그새 화원 안의 화초와 관상목의 이름을 거의 익혔다. 경식이 감탄할 정도였다. 저는 지금도 헷갈리거든요. 드라코를 드라큘라라 부르는 식이죠. 그는 이 도시에 있는 전문대학에서 원예를 전공했다. 진주가 수첩에 식물들의 이름을 적어서 외운다는 것을 그는 알지 못했다.

진주가 유칼립투스 밑동의 잎을 따내고 있을 때 경식이 돌아왔다. 진주에게 웃어 보였으나 기계적인 웃음이었다. 까뭇한 얼굴이 한껏 굳어 있었다. 그는 세면대에서 손을 씻고 테이블 쪽으로 걸어왔다. 재료 정리는 끝났고 막간에 진주는 라탄바구니와 비닐, 가위를 테이블 중앙에 챙겨놓았다. 양동이에 담가놓은 플로럴폼은 물이 흠뻑 배어 있었다.

"그만 퇴근하셔도 됩니다."

경식이 앞치마를 두르며 말했다. 표정이 누그러져 있었다.

"저도 배워보려고요."

진주가 대답을 구하듯 경식을 쳐다보았다. 경식이 멈칫했으나 눈을 고정한 채 고개를 끄덕였다. 진주가 플로리스트 자격시험을 치르리라는 것은 그도 알고 있었다. 그녀의 신상에 대해서도 대략적인 것은 알고 있을 터였다. 유정과 오랜 이웃이니까. 그도 이곳 아파트 단지의 주민이었다. 오늘 진주가 아침부터 반찬가게에서 총각무를 다듬고 오후 두 시에 화원으로 건너왔다는 것도 그는 알고 있었다.

경식이 바구니에 비닐을 깔고 양동이에서 플로럴폼을 꺼내 그 안에 넣었다. 바구니 가장자리를 따라 가위로 비닐을 잘라냈다. 작업은 빠르게 진행됐다. 그의 크고 두툼한 손이 재료들을 오가며 점점 꽃바구니 형태를 갖추었다. 손놀림이 사뿐했음에도 진주는 재료들이 망가질까 조마조마했다. 특히 그가 스위트피를 잡을 때 불안했다. 그녀가 불쑥 말했다.

"그 손으로 맞으면 엄청 아프겠어요."

일순 경식이 손을 멈추고 진주를 스쳐보았다. 그는 다시 바쁘게 손을 움직였다. 진주는 제 말에 놀라 안 그런 척 그의 옆얼굴을 살폈다. 경식은 뭔가 생각에 잠긴 듯했다. 이 여자, 많이 맞고 살았나 보네. 진주는 그렇게 해석했고 자신의 독해에 수치심을 느꼈다.

정적이 잠시 각자의 울타리를 만들었다. 진주의 휴대전화 벨음이 균열을 냈다. 유정이었다. 진주는 휴대전화를 귀에 대고 키가 커버린 관목들을 지나 테이블에서 가장 먼 구석으로 갔다. 유정은 오늘의 마지막 한 끼를 준비하고 있었다. 그녀답지 않게 망설이다 말문을 열었다.

"아무래도 찜찜해서 말이야."

강재를 본 것 같다고 했다. 조금 전 유정은 화원과 슈퍼마켓을 들렀다. 슈퍼를 나와 집에 가는데 누군가 뒤를 밟는 기분이 들었다. 돌아보면 행인과 낯익은 이웃들뿐이었다. 그런데도 쪽문을 지나 놀이터를 가로지르는 내내 어떤 시선이 자신을 향하는 것만 같았다.

"조심해서 나쁠 건 없으니까."

유정이 눙치며 짐짓 유쾌하게 굴었다. 진주가 처음 집을 나왔을 때도 유정은 비슷한 상황을 겪었다. 할머니에게 달콤한 말과 선물을 사용하듯 강재는 유정의 주변을 맴돌았다. 할머니는 얼결에 단서를 흘리곤 했다. 이번에는 아니었다. 진주가 이사한 것을 할머니는 알지 못했다.

테이블에 완성된 꽃바구니가 놓여 있었다. 경식이 연미색 부직포 두 장을 교차시켜 테이블 바닥에 깔았다. 포장 작업이었다. 그가 다가오는 진주에게 고개를 돌렸다. 표정이 괜찮아요? 묻고 있었다. 그는 꽃바구니를 부직포 위에 올리곤 고갯짓으로 의자를 가리켰다.

진주는 테이블 앞의 의자에 앉았다. 리본 작업까지 오 분이면 충분했다. 꽃바구니 주인은 십 분 뒤에 방문할 예정이었다. 당장 퇴근해도 이상하지 않았다. 그런 줄 알면서도 그녀는 주춤거렸다. 출입문을 열고 나가려면 다져진 마음이 필요했다.

경식이 저녁을 먹고 가라고 했다. 그는 어제도 그렇게 말했다. 저녁 드시고 가세요. 그가 음식을 주문하려는 곳은 시장 끄트머리 중국집이었다. 진주가 폭발하듯 잡채밥을 외쳤다. 어제는 웃음으로 때웠는데. 그가 눈이 커지며 말했다. 냉장고에 반찬도 많아요. 그는 반찬가게 주요 고객이었다.

자동차 한 대가 화원 앞에 멎었다. 그들의 짧은 대화는 여기서 멈췄다.

"오늘도 별 진전이 없었군요."

"딸내미와 대치 상태라니, 슬픈 전쟁이네요."

"네에, 그렇죠. 고려 초기까지는 삼존 형식의 꽃꽂이가 주를 이루었죠."

중년 여자가 동의를 구하듯 말끝을 높였다. 딴생각에 빠져 있던 진주는 자세를 바로잡았다. 휴대전화 동영상에선 강의가 계속됐다. 고려 후기에 이르면 꽃꽂이는 반월형 삼존 형식으로 변화했다. 강사는 불교가 융성한 시대 배경과 관련지어 설명했다. 플로리스트 필기시험에 대비해 기출문제를 풀어보는 무료 강의였다. 시험 날짜는 이십 일쯤 뒤였다.

진주는 다시 두 손으로 턱을 괴었다. 이어진 조선시대 꽃꽂이 역사가 귓등으로 흘러갔다. 강재는 휴가 중이라고 했다. 휴가가 끝나면 멀리 큰 바다로 돌아가리라고 했다. 유리잔을 깨던 날 할머니는 분명히 그렇게 말했다. 그가 정말 회사를 그만두고 외항선을 탔을까. 그렇다면 매번 현관문을 두드려댄 것은 휴가 때였을까. 유정의 느낌이 그저 느낌이 아니라면?

구질구질해. 진주는 진저리를 쳤다. 옛 기억이 떠오르며 열이 치올랐다. 왼쪽 팔목이 가려웠다. 흉터 둘레까지 아직도 가려울 때가 있었다. 진주는 피부가 벌겋게 부풀어오를 때까지 북북 긁었다. 강재가 마디마디 묶어놓은 실을 끊어내듯 상쾌했다. 접이식 식탁이 흔들리며 휴대전화가 바닥으로 떨어졌다. 가출은 예견된 것이었다. 강재도 눈물을 쏟으며 그녀가 집을 나간대도 어쩔 수 없으리라고 했다.

할머니에게 전화를 걸었다. 강재는 한 번 다녀간 뒤로는 오지 않았다고 했다. 술만 조심하면 나무랄 데 없는 아이인데. 할머니가 가볍게 혀를 찼다. 진주는 대장간집 이야기로 말을 돌렸다.

소방관이던 대장간집 아들은 설 무렵 지방 도시에서 일어난 화재 사고로 순직했다. 그는 진주의 초등학교 동창이었다. 아저씨는 어떻게 지내세요? 진주가 물었다. 천불이 나서 불구덩이를 들여다보겠니. 할머니가 대답했다. 대장간도 기어이 문을 닫고 말았지. 일요일 아침이었다. 곧 삼촌 가족이 들이닥칠 모양이었다. 할머니의 목소리에 부쩍 생기가 돌았다. 덕분에 통화가 빨리 끝났다.

진주는 싱크대 칼꽂이에서 무쇠 식칼을 꺼냈다. 칼날은 색이 꺼지고 무뎌 보였다. 이사 때마다 신문지에 싸 짐 속에 넣고 다시 풀어 수납했을 뿐 제 용도로 쓰인 지 오래였다. 손잡이를 오른손에 쥐고 새로 산 물건처럼 이모저모 살펴보았다. 안쪽으로 칼등과 덧받침 부근에 뭔가 문양이 새겨져 있었다. 춤추듯 두 팔을 쳐든 무늬 위아래로 동그라미가 하나씩 마주 보고 있었다. 틀림없이 '용' 자였다. 대장간 아저씨 이름이 용구였나, 용규였나. 이제야 서명을 보다니.

강재는 대장간집 아들과 군대 동기였다. 그들이 전역하던 해 동창이 강재를 소개했다. 강재는 친절하고 예의 바른 청년이었다. 진주처럼 수줍음을 탔고 참는 쪽에 익숙했다. 공통점이 서로를 향한 끌림에 기름을 부었다. 청춘의 끌림이란 밤새 싸운 도깨비 같은 것일지도 몰랐다. 날이 밝고 나니 앙상한 빗자루에 지나지 않았다. 뒤늦게 아저씨의 서명을 발견하듯 깨달음은 언제나 뒷북을 쳤다. 동창과는 강재와 살면서 멀어졌다. 강재가 그것을 원했다. 동그스름한 얼굴에 잘 웃던 아이. 텔레비전 뉴스에 잠깐 비친 정복 차림의 영정사진에서도 그는 환하게 웃고 있었다.

아저씨의 이름은 용규였다. 박용규. 박영찬의 아버지. 할머니가 용구라고 불렀을 뿐이었다. 진주는 무쇠 칼을 제자리에 꽂아놓았다. 저녁때 칼날을 갈기로 했다. 아저씨의 손에서 처음 칼이 되었을 때처럼 시퍼렇게. 칼날은 부드럽고 깊게 고기를 썰고 생선의 배를 가를 터였다.

시험은 역시 시험이었다. 외워야 할 것투성이였다. 새일센터에서 배운 내용인데도 휘발과 흡착을 거듭했다. 진주는 기출문제 풀이 동영상을 처음부터 재생했다. 식탁에 있는 거치대에 휴대전화를 고정했다. 여러분도 다 알고 있는 것을 복습한다는 투로 강사가 수업을 시작했다.

진주는 강의에 귀를 세우고 재스민 화분에 물을 주었다. 분갈이 후 재스민은 눈에 띄게 새잎을 피워냈다. 크기를 맞춘 토분에 자리잡으니 나무 모양이 났다. 분갈이 흙을 가져온 날 유정이 씨앗이 온 곳을 말해주었다. 경식의 화원이었다. 유정이 화원 일을 봐줄 때 얻은 것이라고 했다. 진주에게 준 것은 세 개였다. 그중 하나가 싹이 텄다. 유정의 집에도 여러 개를 심었지만 발아한 것도 자라지는 않았다고 했다. 강사의 목소리가 높아졌다.

"여러분, 일년초에는 어떤 꽃들이 있을까요?"

금잔화, 맨드라미, 팬지, 한련화……. 진주의 머릿속에서 꽃들의 이름이 지나갔다.

"그렇죠. 우리나라에서 볼 수 있는 일년초에는……."

진주가 출근했을 때 경식은 화원에 없었다. 그는 늘 진주가 화원에 나온 뒤 외출했다. 진주는 화원 안을 돌며 시든 잎을 따주었다. 이십 분 남짓 걸렸다. 경식은 그때까지 나타나지 않았다. 문까지 열어놓고 어디로 사라졌을까. 진주는 오전에 그를 한 번 보았다. 화원 앞에 진열한 포트 화분에 물뿌리개로 물을 주고 있었다. 이후에는 진주도 일에만 열중했다. 마늘종이 제철이었다. 반찬가게에선 요즘 건새우를 넣은 마늘종 볶음이 잘 팔렸다. 간간한 냄새가 화원까지 따라왔다.

화원은 식물들의 숨소리만 가득했다. 그가 언제쯤 나갔는지 종잡기 어려웠다. 진주는 출입문에 팔을 기대고 주위를 둘러보았다. 문자메시지라도 보내야 할까. 휴대전화 쥔 손을 들어올리는데 제과점 모퉁이에서 유정이 튀어나왔다. 유정은 완만한 경사를 따라 빠른 걸음으로 걸어왔다. 진주가 손을 흔들었다. 유정은 화원 앞에서 발길을 멈췄다.

"조금 전 아파트 주차장에서 사장을 만났거든."

유정이 숨을 고르며 말했다. 경식답지 않게 사나운 표정이더라고 했다. 아버지의 외래 치료에 다녀오던 길이었다. 유정은 거기서 경식의 전처도 만났다. 전처의 얼굴은 어두워 보였다. 몇 걸음 떨어진 곳에서 이어폰을 귀에 꽂은 그들의 딸이 콘크리트 바닥을 걷어차고 있었다. 경식이 유정에게 전화 한 통화를 부탁했다. 그가 그곳에 있다는 것을 화원에 전해달라고 했다. 유정은 대충 분위기를 짐작했다. 태연한 척 그들에게 눈인사를 건네곤 회복된 아버지를 부축했다.

"어쨌든 다행이네."

진주가 말했다. 아이는 엄마의 집에서 두 주일을 보냈다.

"근데 좀 갑작스럽긴 하다."

"그렇지? 장면이 극적 타결 쪽은 아닌 것 같았어."

유정이 문득 상가 주변을 두리번거렸다. 화원 안으로 다급히 진주의 등을 떠밀었다. 누구를 본 것은 아니라고 했다. 자신이 방심했다고 화원 초입에서 유정이 자책하듯 말했다. 장도 볼 겸 만나서 얘기하자는 게 그만. 전화로 끝내기에는 큰 뉴스라고 생각했거든.

"이젠 피하지 않을 거야."

진주가 유정의 어깨를 토닥였다. 강재에게 노출되는 것이 유정 탓은 아니었다.

"무쇠 칼도 갈아놓은걸. 대장간집 용규 아저씨가 만든 혼수 식칼 말이야."

"진주, 정말 무서워졌구나."

유정이 엄지를 치켜세웠다.

유정은 차 한잔 마시지 않고 슈퍼로 갔다. 아버지가 집에 혼자 계셨다. 내일 아침 소도시로 돌아간다고 했다. 진주가 퇴근길에 인사드리러 가기로 했다. 유정이 가고 난 뒤 손님이 와서 금전수 대품 두 그루를 팔았다. 얼마 전 아파트 단지에 이사 왔다는 중년 부인이었다. 손님은 진청색 계열의 화분을 고르곤 아예 옮겨 달라고 했다. 진주도 잘 할 수 있는 일이었다. 이따 사장님이 댁으로 배달해드릴 거예요. 진주가 말했다. 그녀는 손님의 동호수를 받아 적어놓았다. 몇몇 손님이 다육식물이나 화원 앞에 진열한 장미류 포트 화분을 찾았다.

경식은 오후 다섯 시가 다 돼서 화원에 돌아왔다. 그의 구겨진 얼굴이 낯설었다. 진주는 그가 없는 동안 매상 등이 어떠했는지 전했다. 그는 금전수 화분 두 개를 차례차례 밖으로 내갔다. 배달을 마친 뒤에는 화환을 만들었다. 주인이 바뀐 시장 안의 떡집에 상가번영회가 보내는 축하 화환이었다. 진주에게 일러두지 않아서 재료 준비부터 시작했다. 그가 자꾸 거베라 줄기를 부러뜨렸다. 곧 크고 두툼한 손이 날렵하게 움직였다. 그 와중에도 두 사람은 손발이 척척 맞았다. 강재가 취기 어린 목소리로 진주의 귀에 속삭였다. 괜찮아. 솔직하게 말해봐. 이 작자야?

진주가 유정의 집에 머문 시간은 잠깐이었다. 유정의 아버지에게 인사만 드리고 나왔다. 일 년 중 낮이 가장 긴 계절로 접어들고 있었다. 진주는 상가 뒤편의 쪽문을 나와 집 방향으로 발을 뗐다. 모레 주말이면 화원 일이 끝났다. 경식은 일주일 연장을 제안했다. 결정은 모레 하기로 했다.

아이가 뺨을 맞았어요. 진주는 퇴근 전 경식이 한 말을 떠올렸다. 그는 떡집에 다녀와 한낮의 부재에 대해 입을 열었다. 때린 이는 엄마의 동거인이었다. 적어도 두 차례는 손찌검했다. 오전에 엄마에게 들켰을 때 그가 딱 두 번 손댔다고 말했으니까. 전처는 그게 전부라고 했다. 더 나쁜 일이 있었던 것은 아니라고 했다. 아이는 엄마와 싸웠고 동거인과 싸웠고 이제 모두 다 지쳤다고 했다. 정말 싸움뿐이었을까. 그는 전처를 노려보았다. 한편으론 그뿐이라는 말에 매달렸다. 아이는 아빠와도 가끔 싸우고 화해했으니까.

아이를 지나치게 통제했어요. 경식은 말했다. 아이는 자랄수록 전처의 성향이 두드러졌다. 그는 아이의 높은 웃음소리에도 긴장했다. 걸 그룹 못지않게 춤을 잘 춰 때때로 괴로운 상상에 빠졌다. 전처는 솔직하고 외향적인 사람이었다. 게다가 대담한 데가 있었다. 그런 모습에 반해 결혼까지 했는데. 아이에게 무엇을 바랐던 걸까요. 영원히 아빠 말을 잘 듣는 어린애로 남아 있길 바랐던 걸까요. 그의 눈가가 붉어졌다. 통제야말로 가장 쉬운 방법인데 말이죠.

경식에게 말했듯 그들 부녀는 곧 평화 무드로 돌아설 터였다. 다툼과 화해가 반복되겠지만 틈새에서 이해라는 미덕을 만날 수도 있었다. 그렇게 아빠와 딸의 시간이 흘러갈 터였다.

진주는 문득 뒤를 돌아보았다. 행인들뿐이었다. 그런데도 낮의 호기를 누르는 어떤 기운을 느꼈다. 그녀는 걸음을 빨리했다. 집으로 꺾어지는 골목 부근에서 누군가 그녀의 이름을 불렀다. 중저음의 다정한 목소리였다. 진주는 온몸이 얼어붙었다. 한때 그 음성에 설렜다는 게 이상했다. 그가 웃으며 진주에게 다가왔다. 그녀가 유정의 집에서 오래 머물지 않아 다행이라고 했다.

"이렇게 만날 줄 알았어. 다시 보니 기뻐."

경식이 진주와 함께 화원을 지켰다. 경식은 일단 회오리는 벗어난 눈치였다. 아이가 전학 이야기를 꺼내지 않았고 전처럼 피아노학원에도 다니기로 했다. 아이가 원하던 댄스학원에도 등록했다. 예정대로라면 진주의 일이 끝나는 날이었다. 알바를 연장

할 까닭이 없어 보였다. 진주가 경식에게 의견을 밝혔다. 아직 종전 선언을 한 건 아니라서요. 경식의 대답은 간결했다.

진주는 일부러 일거리를 찾았다. 어쩐지 그들을 둘러싸고 자기장이 만들어지는 것 같았다. 말이 끊어진 사이, 눈과 눈이 마주치는 찰나에 그런 기운이 흘렀다. 그녀는 한쪽 구석으로 가 꽃그림이 양각된 파스텔 톤의 미니화분에 다육식물을 심었다. 다육식물은 수요가 꾸준했다.

경식이 화원 한가운데쯤에서 큰 소리로 플로리스트 시험 날짜를 물었다. 아이 문제에 골몰해 잊었다고 했다. 그가 화원 안을 오가더니 중품 몬스테라를 들고 진주에게로 왔다.

"이거 어때요?"

"싱그러운데요. 아주 예뻐요."

몬스테라는 연초록 잎사귀 두 장이 서로를 뒤돌아보는 모양새였다. 부끄러워서 일정한 거리를 둔 것도 같고 어떻게 보면 서로에게 달려가기 직전의 모습으로도 보였다.

경식이 매그놀리아 토분을 가져왔다. 그가 진주와 두세 걸음 떨어진 곳에 앉더니 플라스틱 화분에서 조심스럽게 몬스테라를 뽑아냈다. 그가 말을 걸었다. 그들은 또래였고 공유할 만한 기억이 많았다. 각기 다른 행로를 거쳐왔지만 그런 것과는 상관없었다. 특히 청소년기에 경험한 한일월드컵 경기가 즐거운 추억으로 남아 있었다. 그들 자신에 관해서도 말했다. 입시 스트레스와 가족의 기대에 미치지 못하는 성적 탓에 좌절했던 경험 같은 것들, 어설픈 연애 따위들.

화원은 주말이면 여섯 시에 문을 닫았다. 경식이 밖에 진열한 화분을 안으로 들였다. 대부분 포트 화분이었다. 진주가 거들었다. 꼭 내외 같구먼. 맞은편에서 반찬가게 아주머니가 놀렸다. 아주머니의 농담 덕분에 일이 순식간에 끝났다.

퇴근하려는 진주에게 경식이 저기, 하고 입을 열었다. 그가 계산대로 손을 뻗었다. 경식이 분갈이한 몬스테라 화분이 긴 끈이 달린 투명 쇼핑백에 담겨 있었다. 진주가 사는 옥탑방에는 재스민 화분 하나뿐이었다. 옥탑방의 환한 빛 속에서 재스민은 나날이 제 키를 키웠다.

"몬스테라 꽃말이 웅장한 계획이라네요. 응원합니다."

"웅장한 계획이라, 좋네요."

진주가 화분을 건네받으려고 그에게 팔을 내밀었다. 얼마간 거리를 두고 있던 터라 진주가 휘청했다. 경식의 두 팔이 진주의 양쪽 팔을 부여잡았다. 두 사람은 얼싸안는 모양새가 되었다. 진주는 쇼핑백을 든 채 주춤 물러났다. 경식도 놀란 얼굴이었다. 그때 누군가의 목소리가 들려왔다.

"역시 내 짐작이 틀리지 않았어."

강재가 열려 있던 출입문을 들어와 두 사람에게 다가오고 있었다. 이틀 전처럼 베이지색 점퍼 차림이었다. 진주가 그와 살 때 본 적 없던 수수한 차림새였다. 그는 슈트를 즐겨 입는 회사원이었고 깔끔한 모습이 세상의 무시를 방어하는 첫 요건이라 믿었다. 이틀 전 그는 집으로 가는 골목 부근에서 진주에게 뭔가를 자꾸 맹세했다. 무릎을 꿇으라면 꿇을게. 손가락을 자르라면 자를게. 그는 망망대해에서 반성의 나날을 보냈다고 했다. 어리석음을 만회할 기회를 달라고 바다에 별들에 빌었다고 했다. 그것을 전하려 현관문을 흔들어댔다고 했다.

"그래도 다시 한번 묻고 싶더군."

강재는 아까부터 지켜보았다고 했다. 화분을 들이던 장면부터인 듯했다. 그가 반찬가게 아주머니의 농담을 이야기했다. 그에게서 술 냄새가 나지는 않았다. 그가 경식을 가리키며 이자가 네 애인이냐고 물었다. 경식이 표정이 사나워지며 주먹을 쥐었다. 크고 두꺼운 손이었다. 진주가 경식의 팔을 잡아끌었다. 끌려온 그의 손에 깍짓손을 끼었다.

"그만 돌아가는 게 좋겠어."

진주가 단호하게 말했다. 말을 뱉는 순간 강재가 진주의 한쪽 팔을 낚아챘다. 경식과의 깍짓손이 완충 역할을 했다. 강재의 오른손이 진주의 뺨을 쳤다. 경식이 달려들어 강재의 두 손을 붙잡

앉다. 강재가 진주의 귀 가까이에 입을 대고 속삭이듯 말했다. 걸레 같은 년.

진주는 무쇠 칼을 꺼내 식탁에 올려놓았다. 형광등 불빛에 칼날이 번득였다. 물론 호신용으로 생각하지는 않았다. 옛 여인들이 잠자기 전 문고리에 숟가락을 꽂아놓듯 따지자면 그 정도 용도였다. 용규 아저씨의 서명이 경쾌해서 기분이 나아졌다.

강재가 속삭이듯 뱉은 말을 똑같이 해보았다. 뱉고 나니 그 말이 품고 있던 더러움이 오히려 하찮아졌다. 이틀 전 그녀는 달라진 강재에게 마음이 헷갈렸다. 몇몇 기억들이 스쳐 지나가며 속이 말랑해졌다. 아이를 배 속에서 흘려버리고 함께 눈물 흘렸던 밤 같은 것들. 잠깐이지만 그것이 나머지 기억을 희석했다. 영찬의 일까지 강재로선 그럴 수 있으리라 이해했다. 아찔했다. 영찬과는 그저 아기 때부터 친구였다. 최초의 기억에 영찬이 있을 만큼 그는 남자 형제 같은 존재였다. 의심이 강재를 집어삼켰다. 언제부터인지는 알 수 없었다. 굳이 근원을 거슬러 올라가자면 참는 데 익숙할 수밖에 없던 환경이 영향을 끼쳤을까. 그의 가족사에 관한 이야기였다. 진주는 이런 판단이 부당하다 여기면서도 또 다른 슬픔과 무력감을 느꼈다.

경식이 휴대전화를 걸어왔다. 괜찮아요? 아까처럼 그가 물었다. 괜찮아요. 진주도 아까처럼 대답했다. 그가 혹시 모르니 유정에게 알리겠다고 했다. 나중에요. 진주가 말했다.

팔목의 흉터가 살짝 간지러웠다. 색이 부쩍 옅어져 있었다.

"초여름인데 여전히 긴팔을 입네요."

화원을 나서기 전 경식이 한 말이었다. 눈이 진주의 왼쪽 팔목에 머물러 있었다.

"지금이 초여름인가요. 저는 이때를 늘 늦봄이라 생각했거든요."

진주는 경식처럼 제 팔목을 바라보았다. 지금이 초여름인가. 그녀는 처음 들어보는 말처럼 한참 동안 그 사실을 곱씹었다.

친한 사람들

입술에 살짝 립스틱을 덧바르고 벽시계로 눈을 돌렸다. 오후 네 시였다. 약속 장소까지 가는 데는 한 시간이면 충분했다. 물론 지하철을 이용했을 경우였다. 비읍과 시옷을 만나기로 한 것은 여섯 시였다. 서둘러 씻고 바르고 옷까지 갈아입은 일련의 과정이 되짚어져 나는 피식 웃었다. 자투리 시간을 예상하면서도 준비를 부추기던 어떤 열기가 그제야 자각되었다.

마침 즐겨 보는 티브이 채널에서 뉴스쇼를 방송할 시간이었다. 나는 거실로 가 티브이를 켜고 채널을 맞췄다. 오프닝 멘트가 끝났는지 화면 속에서 뉴스쇼 진행자가 웃음을 머금고, 그럼 잠깐 광고부터 보시죠, 라고 말했다. 곧 신형 자동차가 일몰 무렵의 한강 다리를 달렸고 선배의 등만 보던 광고 속 신참 직장인이 새 버전의 자동차처럼 시야가 넓어지는 성장사가 이어졌다. 돌아갈 수 있다면 나도. 불현듯 그런 생각이 떠올랐으나 문장을 이루지는 못했다. 나는 창밖으로 시선을 돌리며 저 나이 때의 내게는 인내심이 부족했다고 뭉뚱그려 정리했다.

마주 보이는 산자락은 흰색과 연보라, 연두의 세계였다. 하긴 아파트 조경수만 해도 잎을 틔우느라 간지러워 죄다 비비 꼬는 계절이었다. 풍경이 뒤설레던 기분을 되살렸다. 햇살까지 옅은 금빛으로 빛났다. 나는 쥐고 있던 리모컨을 들어 종료 버튼을 눌렀다. 막 모습을 드러낸 뉴스쇼 패널들이 검은 화면 속으로 사라졌다. 이런 날의 자투리 시간은 쏘다니는 데 써야 마땅했다.

나는 집을 나서기 전 가스 밸브와 내 감정을 점검했다. 외출 준비를 서두르고 풍경에 즉물적으로 반응하는 이런 상태야말로 대책 없이 언급증이 도질 우려가 있었다. 비읍과 시옷은 특히나 주의해야 했다. 그들처럼 오래된 사이라면 부지불식간 방파제가 무너질 수도 있었다. 그들은 한때 가까운 직장 동료였고 각자 가는 길이 달라진 뒤에도 무려 한 세대나 만나온 관계였다. 그렇다고 해도 언급증의 주인공에 대해 발설하는 건 망발이었다. 내가 그를 본 것은 그저 프로필 사진 한 장뿐이었다. 그것도 바다 건너 이웃 나라의 한 대학 누리집에 접속해서 슬쩍 훔쳐본 게 다였다. 그는 타국의 그 대학에서 사회학을 가르치고 있었다. 몸 여기저기서 보내오는 갱년기 신호가 저지하고 나섰지만 잠시뿐이었다. 어쨌거나 그건 아직 내밀한 영역에 머물러 있어야 할 문제였다. 나 자신의 사적 영역에. 이런 각성이 나의 테트라포드가 돼줘야 했다.

우리 모임이 구구절절 늘어놓는 자리도 아니고. 나는 휘 거실을 둘러보며 혼잣말을 뱉었다. 빛바랜 패브릭 소파가 문득 발길을 붙잡았다. 화장 안 한 내 얼굴처럼 우중충해 보였다. 천갈이를 해줘야 할 텐데. 아니면 새로 사는 게 나을까. 나는 지난해에도 지지난해에도 이맘때면 했던 생각을 똑같이 했다. 다른 계절에는 무심했던 걸 보면 이유는 창밖의 산자락에 물어야 할지도 몰랐다. 나는 숄더백을 고쳐 메고 현관으로 향했다. 모임도 생물이라 저 나름의 성격을 갖고 있었다. 감정의 둑만 무너지지 않는다면 대체로 무난하게 유지할 수 있었다. 적당히 품위를 지키고 유쾌한 정도의 해방감, 딱 그만큼만 어울리는 게 핵심이었다. 그리고 그것을 좌우하는 건 술이었다. 비읍 시옷과 오래도록 모임이 이어진 건 이 핵심에 충실했기 때문이었다. 어쩌다 노래방에 가 한 세대 전 유행한 노래를 부르기도 했지만 결코 너절하지 않았다. 나는 현관에 서서 눈으로 집 안을 살피며 나 자신도 다시 한번 점검했다. 술과 언급증을 주의할 것.

지하철에서 내려 출구로 나오자 곧바로 공원이 보였다. 내가 쏘다니기로 마음먹은 곳이 이 오래된 공원이었다. 나는 출구에 서서 대각선 건너편에 있을 약속 장소를 가늠해보았다. 우리는 비읍의 뜻대로 고깃집을 선택했다. 비읍은 고기를 좋아했지만 남편이 집에서 누린내 풍기는 것을 질색해 만날 때면 주로 고깃집을 원했다. 오늘 모임을 제안한 건 비읍이었다. 그녀는 마침 내게 부탁할 것이 있는데 만나서 이야기하자고 했다. 그곳까지 가려면 팔차선도로의 횡단보도를 두 번 건너야 했다. 나는 그 점을 고려해 시간을 어림잡아보곤 공원 쪽으로 몸을 돌렸다.

공원을 압도하는 것은 벚꽃이었다. 산들바람에도 벚꽃 잎은 분분히 흩날렸다. 곳곳에서 느티나무 같은 교목들이 새잎을 피우고 있었지만 나는 가장 크고 늙은 벚나무 밑으로 달려갔다. 웃으면서 달려갔는데 코끝이 싸해지며 눈에서 물기가 돌았다. 천년도 훨씬 전에 봄날의 그리움을 읊은 어느 여성 시인의 시 한 수가 재채기처럼 떠올랐다.

花開不同賞	꽃이 피어도 함께 즐길 수 없고
花落不同悲	꽃이 져도 함께 슬퍼하지 못하네
欲問相思處	임이 어디 계시는지 묻고 싶어라
花開花落時	꽃이 피고 꽃이 지는 이 시절에는

나는 크고 늙은 벚나무 아래에서 이 시를 완벽하게 실감했다. 두 손을 펼쳐 들고 고개를 쳐들어 중심을 올려다보았다. 온기 품은 바람이 지나가고 또다시 벚꽃 잎이 하르르 날렸다. 나는 공원에 있는 아무나 붙잡고 '사진 한 장'에 대해 말하고 싶었다. 참으려니 피부까지 아릿했고 나도 모르게 입술을 중긋거렸다.

 시인의 이름이 설도薛濤였나. 지은이의 이름도 가물가물한데 네 구 전체를 기억하는 건 글자의 반복 때문일 거였다. 이 시가 실린 한시선에서 앞부분에 배열된 것도 이유일 테고. 한자가 지닌 압축미에 반했던 걸까. 내가 맡은 건 교정과 해설 부분의 윤문 작업이었는데 나는 거기 수록된 삼백 편 중에서 적어도 스무 편 정도는 단숨에 외워버렸다. 그 일에 나를 추천한 사람이 비읍이었다. 그녀는 함께 다니던 출판사를 그만두고 모교의 대학원에 진학해 전공 공부를 계속했다. 한시선은 그녀가 박사과정을 마치고 근무하던 그 대학의 한문학 관련 연구소에서 기획한 책이었다. 내가 사람들과의 부대낌을 못 견디고 출판사를 전전하다 프리랜서 편집자로 지내기 시작한 때였고 시옷이 둘째 아이를 낳아 가정에 들어앉던 무렵이었다.

 배드민턴공이 가까이 날아왔다. 부부인지 노년의 남녀가 내가 서 있는 쪽으로 시선을 돌리며 활기차게 웃었다. 내가 벚꽃비 속으로 뛰어들 때도 그들은 배드민턴을 치고 있었다. 공을 주우려고 발을 떼는데 남자가 뛰다시피 걸어오며 손사래를 쳤다. 비읍 시옷과도 이곳 공원에서 점심시간에 배드민턴을 치곤 했다. 가끔은 동료 누군가를 붙여 복식조로 겨루기도 했다. 우리가 일하던 출판사는 공원에서 멀지 않은 곳에 있었고 아이엠에프 시기에 파산한 뒤 사라졌다.

셔틀콕을 줍느라 수그린 남자의 초록빛 폴로셔츠에도 벚꽃 잎이 내려앉았다. 나는 벚나무가 울타리를 이룬 공원의 반대편까지 가보기로 했다. 그곳을 돌아 나오면 약속 시간에 얼추 맞을 터였다. 남자가 제자리로 뛰어가며 바람 탓이라고 했다. 당신이 졌으니 저녁을 사라고 여자가 짐짓 엄포를 놓았다. 나는 천천히 걸음을 옮기며 또다시 '사진 한 장'을 생각했다. 얼마 전 그를 소개하겠다고 한 지인은 아직 해외 출장에서 돌아오지 않았다.

고깃집 앞에서 만난 비읍이 무슨 좋은 일이 있느냐고 물었다. 나는 그녀가 내민 손을 맞잡으며 벚꽃비의 여운을 진정시켰다. 그런 건 아니라고 말하고는, 봄도 짧아지고 꽃들이 한꺼번에 피어난다고 새삼스럽게 기후 변화를 걱정했다. 지난해 가을에 보았으니 반년 만이었다. 연말에는 시옷이 가족과 발리로 휴양을 떠나 모이지 않았다. 일정한 주기가 있는 것은 아니었지만 해마다 두세 차례는 우리 사이에서 얼굴이나 보자는 말이 나왔고 대체로 모임으로 이어졌다.

비읍과 나는 안쪽으로 들어가 벽 부근에 자리를 정했다. 공간은 여유로웠고 앞뒤로 파티션이 가리고 있었다. 곧 여섯 시가 되자 시옷이 나타났다. 시옷은 시내 중심가의 백화점에서 오는 길이었다. 시옷이 봄 학기에 새로 배우기 시작한 건 아크릴화였다. 몇 해 동안 인문학 강좌부터 어쿠스틱 기타, 첼로, 시 쓰기까지 두루 손을 대더니 이제야 적성을 찾았다고 너스레를 부렸다. 시옷이 내 옆에 앉자 물컵에 칠분쯤 물을 채워 그녀의 앞에도 놓아주었다. 그녀는 물컵을 입에 가져가며 골프는 머리만 올리곤 흥미를 잃었다고 말했다.

첫 주문으로 갈매기살을 골랐다. 비읍의 입맛이 우선 그 부위에 동했고 나머지 둘도 고개를 끄덕였다. 소주와 맥주도 각각 한 병씩 시켰다. 해가 지날수록 음주를 줄이고 있었지만 안주가 있으니 건배는 해야 하지 않겠냐는 데 세 사람 다 합의했다. 집을 나서기 전 점검 사항이 잠깐 머릿속에 머물다가 지나갔다. 잠시 후 종업원이 숯불통을 들고 와 불판 테이블에 끼워 넣었다. 철판이 달궈지고 밑반찬이 놓이는 동안 시옷이 소맥을 만들었다.

"생계는 문제없고?"

비읍의 목소리였다. 나는 시옷의 손놀림에 두고 있던 시선을 비읍에게로 향했다.

"네? 아 네. 문제 있을 게 뭐가 있나요. 저야 뭐 늘 그렇죠."

대답을 하고 나니 좀 싱거운 기분이 들었다. 뭐가 늘 그렇다는 거지? 비읍의 물음은 연장자다운 염려나 불황을 염두에 두고 한 말인지도 몰랐다. 그녀는 나와 시옷보다 세 살이 위였다. 싱거운 기분 뒤로 쌉쌀한 느낌이 스쳐갔다. 나의 프리랜서 생활이 실제 한 달 넘게 프리하게 흘러가고 있었다. 주 수입원이던 중견 출판사의 편집팀이 교체되면서 외주 업무가 새 팀의 인맥으로 물갈이됐다. 나는 대체할 만한 거래처를 알아보고 있었지만, 누구나 말하듯 불경기였다.

세 사람은 소맥잔을 쳐들고 만나서 반갑다고 말했다. 나이를 언급하며 서로의 건강도 빌어주었다. 한 모금씩 홀짝이며 근황을 이야기하는 사이 종업원이 구워진 갈매기살을 잘라주고 갔다. 나는 주로 들어주었고, 함께 웃어야 할 때는 소리내어 웃었다. 크게 웃으니 정말 즐거워졌다. 나는 오래된 공원의 벚꽃 소식을 전했다. 배드민턴 치는 노부부를 보며 예전의 우리가 떠올랐다고 했다. 비읍이 생각났다는 듯 말을 이었다.

"이응 씨, 이응 씨 다들 알지?"

"우리랑 인문팀에 있던 이응 씨요?"

"그래, 니은 씨하고는 가까이 앉지 않았었나."

기억이 났다. 당시 우리가 일했던 출판사는 백과사전을 만들었고 그는 같은 팀원이었다. 여초가 두드러진 구성원 속에서 드물게 성별이 다른 동료였고 성품이 온화했다. 비읍의 말대로 나는 그와 책꽂이 너머로 마주 앉아 일했다. 그는 종종 배드민턴 복식조가 돼주기도 했다.

"아, 내가 며칠 전 이응 씨랑 통화를 다 했지 뭐야."

시옷과 나는 비읍을 주시했다. 요약하면 이응은 비읍이 책을 내기로 한 출판사의 대표였다. 그녀는 전에도 조선시대 청백리라거나 당대의 이념과 불화한 우리 역사 속 인물들을 주제로 책을 쓴 적이 있었다. 오늘날의 관점에서 에세이 형식으로 재해석한 출판사 기획의 시리즈물 중 일부였다. 이번에는 신분의 제약이나 여자라는 한계를 넘어 개별적인 자신으로 살고자 했던 여성들의 현대성에 초점을 맞춘 책이었다. 민회빈 강씨와 김만덕 같은 잘 알려진 인물도 있지만 대부분은 여러 문중에 전해 내려오는 사료에서 뽑았다고 했다. 계약은 진작 실무진과 했고 퇴고도 끝나가는 단계였다. 대표는 그녀의 프로필을 살펴보며 익숙한 이름이라고 생각했다. 그는 몇 가지 유추를 거쳐 비읍이 옛 직장 동료라고 확신했다. 확신이 생기자 전화를 걸었다.

"오늘 우리 만나는 거 얘기했더니 자기도 나오고 싶다 하더라고. 소식들이 궁금했대."

"보고 싶네 정말."

"그러게. 이게 얼마 만이야."

비읍은 중간고사 출제까지 겹쳐 잊고 있었다며 이응에게 카톡을 보냈다. 대중서 출간을 학계에서 곱지 않은 시선으로 보는 이들도 적지 않다고 그녀가 말하는데 이응에게서 답신이 왔다. 그가 지금 합정역 부근에 있다고 비읍이 전했다. 볼일 보고 한 시간 안으로 올 수 있겠대. 그의 회사는 파주에 있었다. 이응의 출현이 왠지 분위기를 왁자하게 했다. 한 세대 전으로 돌아간 듯 두 사람의 표정이 싱싱해 보였다. 내 얼굴도 다르지 않을 거였다. 그새 추가한 갈매기살이 새 불판에서 익어가고 있었다. 테이블에는 맥주 두 병이 더 와 있었고 시옷은 열심히 소맥을 조제했다. 세 사람은 웃으면서 잔을 부딪쳤다. 비읍이 내 잔에 자기 잔을 살짝 대며 눈을 찡긋했다.

"이번에도 잘 부탁해."

"당연하죠."

비읍은 책을 낼 때마다 나에게 원고를 검토해달라고 했다. 물론 편집 작업은 출판사에서 알아서 하겠지만 나의 피드백이 필요하다고 했다. 말이 그렇지 그녀의 부탁에는 교정 교열과 윤문까지 포함되었다. 그녀의 문체는 건조한 편이고 학술적인 글에 어울렸다. 대중서에 적당한 당의적인 요소를 그녀는 내 손을 빌려서 해결했다. 꼭 대가를 받아서는 아니지만 나는 전반적인 구성이나 문장의 배치까지 신경 썼다. 비읍의 부탁이 내심 나쁘지 않았다. 불경기가 타개되는 신호로 여겨졌다. 내게 부탁할 것이 있다고 하더니 이 일인 모양이었다.

약간의 낙관과 육즙의 감칠맛과 혼합주 몇 잔이 나를 방심하게 했다. 기분은 점점 고양되었고 위험신호를 느꼈지만 이내 즐거움이 차오르며 그것을 희석시켰다. 비읍이 여전히 나를, 내 실력을 믿어주는구나. 나는 그녀가 피드백을 요청할 때마다 어딘지 찜찜한 기분이 들었지만 한편으로는 기쁘기도 했다. 그녀가 교수라서? 그것이 왜? 나는 그렇게 유치한 사람은 아니었다. 그 일은 그리 어렵지도 않았다. 비읍은 처음 프리랜서로 나섰을 때 나를 신뢰하고 일을 연결해준 사람이었다. 그러니 그녀는 나에게 도움을 준 선배일 뿐이었다. 나는 애매한 감정들을 날려버리고 그들과 다시 잔을 맞댔다.

즐거움이 커질수록 목구멍을 타고 올라오는 간지러운 충동도 부풀었다. 언급증이 혀끝에서 갈팡질팡했다. 세 번째 불판을 갈고 마블링이 눈꽃처럼 박힌 한우 꽃등심을 얹으려 할 때는 심지어 초조했다. 어쩌면 나는 내내 '사진 한 장'에 대해 말하려 대화의 틈새를 노렸는지도 몰랐다. 문득 우리 앞에 버전만 중년으로 달라진 이응이 서 있었다. 꽃등심은 그의 도착에 맞춰 준비한 것이었다. 그가 예전처럼 온화한 목소리로 말했다.

"다들 오랜만입니다. 정말 반갑네요."

이웅이 2차를 사겠다고 우겼다. 찻집과 생맥줏집이 겨루다가 후자가 이겼다. 나는 소수파로 찻집을 주장했지만 근처의 건물 이 층에서 반짝이는 생맥줏집 간판을 쳐다보고 있었다. 우리는 한 세대 전 그러했듯 무모함을 겁내지 않았다. 흥취라는 비눗방울 놀이에 심취해서 서로를 부추겼다. 아무튼 봄밤이었다. 다들 그렇게 핑계를 돌렸다.

생맥줏집에 자리를 정하고 앉자 왠지 허전한 마음이 들었다. 고깃집 문턱을 나설 때 나는 안도와 실망을 동시에 느꼈다. 충동은 참았지만 발산하지 못했기에 여진을 남겼다. 여진이 가슴에 휑하니 구멍을 뚫어놓았다. 그 탓에 오백 밀리 생맥주가 테이블에 놓였을 때 나는 절반을 단숨에 들이켰다. 내 주량으로는 이미 고깃집에서 임계점에 이르러 있었다. 나는 그 점을 자각했지만 고깃집에서 비롯되었을 갈증이 가시지 않아 나머지를 마저 마셨다. 이웅이 지난겨울 지병으로 세상을 떠난 옛 동료 누군가에 대해 말했다. 비읍은 나이와 세월을 운운하며 속도를 내지 않았고 시옷은 죽은 이를 애도하며 차 마시듯 홀짝였다. 정말이지 한 세대를 지나오는 동안 우리는 부모를 여의기도 하고 사고나 병으로 가까운 이들을 떠나보냈다.

취기가 올랐다. 나는 무심히 땅콩과 아몬드를 집어먹고 단것이 당겨 좋아하지 않는 건포도까지 씹어 먹었다. 비읍과 이응의 이야기는 간헐적으로 귀에 들어왔으나 맥락을 잡기 어려웠고 지루했다. 문득 시옷이 화장실에 가려고 카운터 옆의 통로로 들어가는 게 보였는데 다시 보니 제자리에 돌아와 있었다. 시간이 자꾸 도막나고 있었다. 비읍과 이응의 이야기도 멈추고 정적이 흘렀는데 짧았는지 길었는지 가늠할 수 없었다. 나는 어느새 내 앞에 새로 놓인 오백 밀리 맥주잔을 붙잡고 '사진 한 장'을 생각하고 있었다. 나와 얼굴까지 닮은 사람, 그가 오래 사귄 연인처럼 다정하게 느껴졌다. 그리고 정적의 어느 지점에서 애써 단속했던 비밀의 문이 무방비로 열렸다. 나는 그 사실을 의식하지 못한 채 주체할 수 없이 들떠 그에 대해 늘어놓았다. 그의 이력과 함께 사회학자로서 얼마나 예리하고 통찰력 있는 논문들을 썼는지 자랑했다. 그러고는 이렇게 덧붙였다.

"그에 대해 어떻게 생각하세요? 친한 사람들에게 조언을 듣고 싶어요."

비읍은 웃고 있었다. 정적 중에도 비읍이 웃는 모습은 또렷이 뇌리에 각인됐다. 활달한 인상을 주는 시원한 눈과 큰 입이 평소와 다름없이 웃고 있었다. 그녀가 웃음을 머금은 채 대답했다.

"아유, 니은 씨, 취했나 봐."

"네?"

"너무 로맨틱하게 생각하는 거 아냐?"

비읍이 말을 계속했다.

"그쪽은 그만큼 비슷한 상대를 원할 거 같은데."

정수리가 쭈뼛해지며 도막나던 시간이 연속되어 흐르기 시작했다. 얼마간 몽롱한 중에도 등줄기를 훑고 지나간 뜨거운 기운의 정체가 모욕감임을 알아차렸다. 비읍이 말실수를 한 걸까. 나는 다음 말을 찾지 못해 어색하게 웃으며 여전히 웃고 있는 비읍을 보았다. 느닷없이 '사진 한 장'이 왜 튀어나온 걸까. 돌이킬 수 없는 상황에 절절매는 꿈을 꾸는 것처럼 잠시간 아득했다. 비읍은 몇 번인가 직장에 적을 두라고 권한 적이 있었다. 그녀는 나를 뜨내기 정도로 인식했던 걸까. 흘려들었던 말들이 식도에 걸린 찐 고구마처럼 새삼 마음에 얹혔다. 고깃집에서 그녀가 이응에게 부리던 오지랖도 되짚어졌다. 니은에게 일 좀 주라고 나설 때 머쓱하던 기분까지.

종류는 달랐지만 시옷과 이응도 웃고 있었고 짧은 휴지가 생겼다. 시옷의 휴대전화가 음악 소리와 주변의 소음 속에서도 명랑한 벨음을 울렸다. 미국으로 유학 간 그녀의 큰애에게서 걸려온 전화였다. 지난 연말 시옷의 가족이 발리에 갔을 때 큰애는 미국에서 날아와 함께 휴가를 보냈다. 그녀는 자리에서 고개만 돌려 통화했고 간단히 안부를 주고받는 듯했다. 그녀의 남편은 두세 해 전 이맘때 피로회복제로 유명한 제약회사에서 이사로 승진했다.

"돈 먹는 하마야."

휴대전화를 손에 쥐고 시옷이 말했다.

"환율이 좀 내려야 할 텐데."

내가 아무 일도 없었던 척 거들었다.

디저트처럼 옛 직장과 관련한 추억담이 오갔다. 오늘은 여럿의 소식을 들었다. 주로 들려준 이는 이응이었다. 퇴근길에 생맥주를 마시며 씹어대던 상사가 추억담 속에서는 직업에 헌신한 대선배로 바뀌어 있었다. 이응의 회사는 부침을 겪기도 했지만 이제 안정적이라고 했다.

"우리 전화번호나 알고 지내자고요."

이응이 말했다. 나는 키패드에 그가 불러주는 숫자를 입력하고 통화 버튼을 눌렀다. 테이블에서 이응의 전화가 두어 차례 벨음을 울리자 바로 끊었다. 시옷이 똑같이 따라 했다. 세 사람은 중요한 임무를 수행하듯 입을 다물고 각자 전화번호를 저장했다. 비읍이 웃으며 말했다.

"모처럼 즐거운 밤이었어. 우리 자주 보자."

다음 날은 정오 무렵까지 침대에 누워 있었다. 손가락 하나도 까딱하기가 힘들었다. 음주의 여파가 영향을 끼쳤을 테지만 그러기에는 정신이 지나치게 말짱했다. 비읍의 말이 마음 깊은 곳 어딘가를 쿡쿡 찔렀다. 나는 전에 없이 내 생애를 돌아보았다. 그런 건 적어도 십 년은 더 지나 지하철을 공짜로 타고 다닐 때쯤 해보기로 했는데. 의외로 특정한 시기의 것들만 머릿속을 맴돌았다. 곤궁했던 청춘 시절 같은 것. 집안의 몰락과 공장에 나가 실밥을 따던 어머니의 모습 같은 것. 나는 대학생이 된 이후 늘 일을 했다. 그러니까 늘 일을 해온 것이 내 생애였다. 부모의 특징인 여린 성품과 강인함이 내게서도 교차하며 상처도 입었지만 지혜를 얻기도 했다. 그런데도 비읍의 판정은 내게서 기운을 앗아갔다. 그녀의 판정에 딱히 반박할 수 없었다.

아니라고 할 만한 근거가 있을까?

비읍은 대체로 세상을 재단하는 눈이 정확했다. 감정에 휘둘리지 않고 냉정하게 판단했다. 그러니 아니라고 우기는 건 어쩐지 아큐식 해석 방법 같았다. 나는 보이지 않는 카스트를 정하고 그에 맹목적인 사람들을 좀 우습게 여겼다. 하지만 세상이 돌아가는 방식에 쉽게 수긍하는 건 그만큼 세상사 이치를 일찌감치 깨달았다는 방증이 아닐까. 현실을 알고 제 분수를 안다고도 볼 수 있었다. 나는 내 나이를 헤아렸고 살아온 세월과 생각 사이에 놓인 허방에 당황했다. 그럼에도 그 순간 비읍이 아주 낯설게 느껴졌다. 어쩐지 한 세대에 걸친 그녀와의 시간이 하룻밤의 비눗방울 놀이와 함께 영영 꺼져버린 기분이었다.

 카톡 음이 갈피 없는 잡념에 제동을 걸었다. 발신인은 비읍이었다. 화면을 쓸어내려 내용을 읽었다. 잘 들어갔는지 묻고 있었다. 곧 또 한 차례 알림음이 울렸다. 시옷의 답신이었다. 그것도 화면에서 읽었다. 우리는 모임 다음 날에는 문자메시지로 서로의 무사 귀가를 확인했다. 한낮의 밝음이 의식되며 불현듯 답답증이 치밀었다. 늦잠이든 낮잠이든 일종의 죄의식이 개입했다. 나는 주방으로 가 드립백 커피를 내렸다.

 머그잔 가득 커피를 마셨을 때 휴대전화 벨음이 울려댔다. 손을 뻗어 식탁 끝에 있던 휴대전화를 앞으로 가져왔다. 비읍이었다. 소리는 열두 번째쯤에서 툭 끊어지더니 또다시 이어졌다. 대여섯 차례 더 울리고 나서야 나는 천천히 통화 버튼을 눌렀다. 비읍은 전화를 늦게 받은 이유는 묻지 않고 평소보다 하이 톤으로 말했다. 아유, 자기만 답이 없어 걱정했지 뭐야. 이응 씨도 잘 갔다는데. 늦잠 자느라 카톡이 온 줄도 몰랐다고 대답했다. 별일 없으니 됐어. 비읍이 여전히 하이 톤으로 덧붙였다. 그녀는 전날 일에 대해서는 언급하지 않았다.

 미안하다고 말해야 하는 거 아니에요?

목구멍까지 말이 치올라왔다. 입술을 달싹이는데 비읍의 하이 톤이 먼저 들려왔다.

"그래, 그럼 푹 쉬고 또 연락하자."

그것으로 통화가 끝났다. 이 언니는 전화를 왜 한 거지? 그저 집에 잘 들어왔는지 걱정돼서? 이런 전화로 미안한 마음을 퉁칠 수 있다고 믿는 것일까. 물었어야 할 것을 묻지 못한 울화 탓에 휴대전화를 든 손이 부르르 떨렸다. 평판을 챙기려는 거지. 혼잣말이 불쑥 튀어나왔다. 선의에도 우열이 있다면 그녀는 우위에 서야 직성이 풀리는 타입이었다. 순간 머리털이 쭈뼛해지며 나는 눈을 크게 떴다. 이건 깨달음일까. 잠복해 있던 생각이 비로소 말을 찾은 것일까.

그러자 잊고 있던 기억들이 줄줄이 불려 나왔다. 그중 하나가 맨 앞줄에서 손을 들었다. 비읍이 대학에서 강의를 맡아 하기 시작하던 무렵이었다. 그날도 비읍 시옷과 셋이 만났다. 당시 나는 롤모델까지는 아니어도 비읍을 보며 어떤 희망을 품었던 것 같다. 더 늦기 전에 언니처럼 다시 공부하고 싶다고 말한 걸 보면. 자가 진단에 따르면 나는 사회 부적응자였다. 프리랜서로 자리를 잡아가면서도 앙앙불락했는데 거기에는 대학을 졸업하고 학교에 남고 싶었던 미련이 한몫했다. 비읍의 표정이 묘하게 변했다. 노골적인 비웃음이었다. 공부도 물적 토대가 절대적이야. 그것도 재능의 하나라고 할 수 있지. 니은 씨, 아파트 있어? 통장은 빵빵하게 채워놨어? 그녀는 따지듯 말을 쏟아냈다. 기대했던 응원이 아니어서 잠시 멍한 사이 시옷이 나서 눙쳤다. 그렇다면 공부는 부자만 할 수 있다는 얘기네. 그건 너무 불공평하잖아요.

어떻게 그런 일들이 쉽게 잊혔을까.

그녀가 베풀어준 선의 때문에? 나는 곰곰 되짚었다. 프리랜서의 출발점에서 이미 그녀는 고마운 사람으로 입력되어 있었다. 한 번도 삭제되거나 갱신한 적 없이. 말하자면 기본값이었다. 이후 나는 해석의 영역에서 되도록 그녀를 제외했다. 게다가 친한 사람이었다. 혹 부정적인 감정이 있다 해도 시간이 지나면서 애정 어린 조언으로 윤색됐고 저절로 기억이 희미해졌다. 그렇다면 문제는 내부의 적인지도 몰랐다. 나라는 사람의 너그러움으로 가장한 두루뭉술함, 관성 따위들.

눈앞으로 전날 저녁의 모임 장면이 주르르 지나갔다. '사진 한 장'에 대해 늘어놓던 나의 달뜬 모습이 떠오르며 맨손으로 숯불을 움켜쥔 듯 화끈거렸다. 그에 대해서는 대체 무엇을 안단 말인가. 슬쩍 훔쳐본 사진 한 장과 지인에게서 전해 들은 이야기가 전부였다. 그렇게나 가벼운 나는 또 누구인지. 가벼워진 나는 춤추듯 사뿐사뿐 걸었고 개화의 기쁨을 그와 함께했다. 이제 나는 자정이 지나버린 신데렐라였고 마법 풀린 이 상황이 몹시 서운

했다. 설도의 〈춘망사春望詞〉를 감싸던 애틋한 기운도 어디론가 사라져 공연히 손을 들어 허공을 휘저었다.

나는 단톡방에 전과 다름없이 예의 바른 인사를 남겼다. 세 사람 사이에 의례적인 말들이 오가고 대화창이 닫혔다. 이런 순간에도 우리 셋은 체면을 잃지 않았다.

새로운 한 주일이 시작됐고 벌써 주중이었다. 나는 외출 준비를 하고 있었다. 윗입술에 립스틱을 발랐을 때 비읍이 휴대전화를 걸어왔다. 비읍도 시옷도 용건 없이 전화하는 유형이 아니었다. 나도 마찬가지였다. 그런 면에서 세 사람은 닮은 구석이 있었다. 일상생활의 수다보다는 각자의 관심사에 집중하는 편이었다. 오래전 직장 동료로 친해진 이유이기도 했다.

비읍이 이메일 주소는 그대로인지 물었다. 퇴고를 끝내고 내게 원고를 보내려는 것이었다. 이메일 계정은 그대로 사용하고 있었다. 그런데 그다음 내 입에서 생각해본 적 없던 말이 흘러나왔다. 마감 중이던 일이 변수가 생겨 주말까지 지켜봐야 할 것 같다고, 일주일 후쯤 마무리할 수도 있지만 저자가 원고를 뒤엎어 한 차례 더 교정을 보게 될지도 모르겠다고 했다.

"그래? 나도 빨리 진행했으면 좋겠는데."

비읍의 목소리에 아쉬움이 담겨 있었다.

"제가 안 되면 다른 사람을 소개해줄게요."

내 대답도 어쩔 수 없었다.

"난 그래도 자기가 손봐주길 바랐는데."

비읍답지 않게 말끝을 흐렸다. 그럼 이 일은 주말에 다시 상의하자고 그녀가 말했다.

나는 화장대 스툴에서 일어났다. 휴대전화를 귀에 댄 채 방 안을 서성거렸다. 그건 그렇고. 비읍의 말이 평소의 어조로 돌아와 있었다. 시옷의 늦둥이 아들이 과학경시대회에서 일등을 했는데 우리가 축하해줘야 하지 않겠냐고 했다. 전국 규모의 대회인 데다가 만점을 받아 꽤 화제가 된 모양이었다. 무엇보다 대학 입시 평가에 도움이 될 터였다. 비읍이 그 점을 강조했고 정말 잘된 일이라고 내가 다소 과장되게 맞장구쳤다. 비읍의 직업 때문인지 시옷은 대학 입시나 아이들의 교육 문제에 관해 그녀에게 조언을 구하곤 했다.

"갑작스럽긴 하지만, 모레 이른 저녁 어때?"

모레는 시옷이 백화점 문화센터에서 아크릴화를 배우는 날이었다. 시옷의 수업은 다섯 시에 끝났다. 자기만 괜찮다면 우리 셋이 한 번 더 뭉치자고 비읍이 덧붙였다. 식사 자리를 제안한 건 비읍 자신이었다. 마침 백화점에 수선을 맡긴 가방도 찾아야 한다고 했다. 아무래도 시옷이 내게 자랑할 것 같지는 않아서 통화하는 김에 물어본 것이라고 했다.

"어쩌죠. 시옷에게는 미안하지만 저는 발등의 불부터 꺼야겠어요."

일부러 그런 건 아니었는데 내 목소리가 지나치게 차분했다. 전화기 너머에서 주춤하는 기색이 역력했다. 거울을 보지 않아도 내 입가에 야릇한 미소가 번져가고 있었다. 자릿한 느낌이 등줄기를 타고 올라왔다. 이내 부끄러움이 밀려왔고 얼굴에 열기가 몰렸다.

"아쉽네. 그래도 어떻게 짬 한번 내봐."

비읍은 침착하게 내 말을 받았다. 그녀는 모레 만나서 이후의 이야기도 듣고 싶다고 했다.

"이후의 이야기요?"

"지난번 그 얘기 말야. 그새 어떻게 진전됐는지 궁금했거든."

나는 대답 대신 작게 웃었다. 우리 나이 때는 주변 사람들의 연애사를 듣는 것만으로도 즐겁다고 비읍이 말했다. 대리만족 같은 것이라고 했다. 실전에 나서기에는 복잡한 것들이 많으니까. 더욱이 그녀는 고전에 파묻혀 지내느라 심장이 굳어버린 것도 몰랐다고 했다.

"솔직히 자기가 부럽네. 여전히 꿈을 꿀 수 있다는 것이."

정말 비읍이 뒷이야기가 궁금했는지는 알 수 없었다. 모레 모임에 나갈 수 없음을 밝혔고 지금도 통화 중인데 그녀는 바다 건너 사회학자에 대해 더 묻지 않았다. 그것이 무엇을 의미하든 나 또한 그에 관해 입을 열고 싶지 않았다. 비읍이 갱년기 증상은 없는지 물었다. 언제부턴가 갱년기는 영양제와 더불어 또래 사이에서 중심 키워드로 등극한 단어였다. 가끔 어깨도 아프고 생리도 끝물이죠. 내가 무심하게 대답했다. 그녀는 여성호르몬제를 처방해 복용 중이라고 했다. 지난주 고깃집에서도 오간 이야기였다. 그녀가 정리하듯 말했다.

"이제 우리도 건강을 챙겨야 할 나이야."

거울 속에서 윗입술에 립스틱을 바른 중년인지 노년인지 모를 여자가 화장대에 휴대전화를 내려놓고 있었다. 레드 계열 립스틱이 도드라져 콤팩트 파우더에 가려진 아랫입술은 아예 없는 것 같았다. 아랫입술을 마저 그리자 얼마간 생기가 살아났다. 나는 서둘러 봄 코트를 걸쳤다.

북촌의 주택가를 내려오며 편집자의 말을 생각했다. 선배님을 보니 마음이 좀 놓인다고, 나이를 먹어도 일을 할 수 있겠구나 희망이 생긴다고 그녀는 말했다. 마흔 즈음이라니 무슨 말이 하고 싶은 건지 알 것 같았다. 고삐를 잘 잡아야 해요. 선문답처럼 던진 말에 그녀는 미소를 지었다. 당장 외부에 맡길 일은 없지만 조만간 번역 원고 한 권이 들어올 예정이라고 했다.

그녀에게 나를 소개한 건 먼저 거래하던 출판사의 팀장이었다. 회사에서 밀려난 와중에도 신경이 쓰였는지 친하게 지내던 이직한 후배에게 내 연락처를 전해준 모양이었다. 어제 전화한 그녀는 사무실에 있으니 오늘 오후 중 아무 때나 방문해도 좋다고 했다. 외출 준비를 하면서도 비읍과 십 분 넘게 통화한 건 그런 느슨한 약속 덕분이었다.

지하철 출구 표지판이 멀리 눈에 들어왔다. 해를 안고 가는 모양새라 눈이 부셨다. 봄 햇살이 발길을 지상으로 이끌었다. 나는 집에 데려다줄 확실한 수단을 물리치고 광화문까지 걸어가기로 했다. 거기 대형서점에 들러보기로 했다. 대충 방향만 잡고 딴눈을 팔며 걷는 것도 한 재미였다. 이 일대를 걷다 보면 의금부 터라거나 전옥서 터, 김상옥 의거 터 같은 표지석을 만나 머릿속에서 사극 한 편이 만들어졌다. 편집자에게 출판사의 위치를 두고 덕담처럼 이야기했더니 저에게는 그저 출근길 퇴근길일 뿐인걸요, 라고 그녀는 말했다. 물론 둘 다 농담이었다.

오늘의 딴눈은 우정총국 쪽으로 잡았다. 도심의 벚나무 가로수도 꽃이 지고 있었다. 나무들은 부쩍 연둣빛이 감돌았다. 오래된 공원의 벚꽃비 아래에서 그랬듯 '사진 한 장'이 떠올랐다. 방금 주택가 담장들을 지나오면서도 나는 그를 생각했다. 꽃이 지거나 지고 있는 정원수 때문이었다. 새잎이 싱그러워도 꽃이 지는 풍경은 애상을 동반했다. 어쩐지 그와 꽃이 지는 아쉬움까지 함께한 기분이었다. 그와는 그것이면 충분했다.

그는 거기서 물러나고 그 자리를 비읍이 차지했다. 그녀가 부탁한 일이 무거운 짐처럼 어깨를 눌렀다. 그것을 해야 할까. 그러면서도 편집자가 지금 대기 중인 일이 있는 건 아니에요, 라고 말했을 때 안도하던 마음은 또 무엇일까.

운명에 굴하지 않고 개별적인 삶을 살고자 했던 여성들이라.

주제만큼은 비장하고 멋져 보였다. 선택한 인물 대부분이 생에 비극적 요소가 강했다. 출판사 측과 어느 정도 의논을 거치기는 했지만 주제와 인물 모두 비읍이 정했다고 했다. 그녀가 이러한 주제를 선정한 이유나 풀어간 방식 따위가 궁금하기는 했다. 그녀에 대해 참 아는 게 없다는 생각이 들었다. 직업이나 가족 구성원, 그들이 하고 있는 일, 그 정도가 거의 전부였다. 연구자로서의 그녀에 대해서는 알고자 한 적도 없었다. 그건 시옷에 대해서도 마찬가지였다. 그렇다면 그들은 나에 대해 무엇을 알고 있을까. 친한 사람의 조건이 전면적으로 서로를 알거나 수용해야 한다는 의미는 아니었다.

우정총국 옆의 시민공원에 이르러 시옷에게 전화했다. 신호음이 가는 동안 벤치를 향해 걸어갔다. 그녀는 내가 비읍과 통화

한 사실을 알고 있었다. 모레 약속 얘기가 다시 나왔고 시옷의 목소리를 들으니 마음이 약해졌다. 일이 꼬였다고 말했지만 시옷이 그대로 믿는 것 같지는 않았다. 벤치에 앉아 통화를 마치며 그녀에게 아들의 수상을 거듭 축하했다. 시옷은 몇 번인가 학구적인 쪽은 니은이라고 말한 적이 있었다. 우리 중 공부를 계속한다면 니은이 할 줄 알았다고. 내가 시옷에게 친근함을 느끼는 건 이런 말들 때문일까. 월요일에 전화한 이응도 비슷한 말을 했다. 그때도 나는 황당한 소리라는 듯 대답했지만 내심 우쭐했다. 그가 아직도 그렇게 봐주는 것이 기뻤다.

나는 문득 고개를 쳐들고 주변을 둘러보았다. 나라는 사람의 바닥을 들켜버린 것 같았다. 그것을 마주하자니 좀 무서웠다. 바람이 살랑 연두 잎들을 흔들었다. 걸어오는 동안 얼굴과 등줄기에 배어난 땀이 식고 연두 잎들이 무서움을 어루만져 나는 내 밑바닥을 한참이나 들여다보았다.

하루가 지났다. 출장에서 돌아온 지인이 저녁에 '사진 한 장'의 소식을 전해주었다. 머잖아 그가 서울에 올 테지만 그 전에 우리가 바다 건너 이웃 나라 도시에 한번 가보자고 했다. 그 도시도 여행하기 좋은 계절이니까. 그는 지인의 대학 때 동아리 선배였다. 좋지. 내가 웃으며 말했다. 지인의 말을 해석할 필요는 없었다. 답은 단순했다. 그를 만나거나 만나지 않거나.

거실 불빛에 산자락은 지워지고 파자마 차림의 내 모습이 창에 뚜렷이 비쳤다. 모임은 내일 오후였다. 결론까지 전해놓고 곱씹자니 우스웠다. 모임은 진작 그만둘 수도 있었다. 비읍이 처음 모욕을 가했을 때부터. 아니면 두 번째라도. 그녀가 베푼 선의 때문이라고 했지만 그게 다는 아니었다. 정작 끈을 놓고 싶지 않았던 건 나 자신이었다. 비읍과 시옷이 나 자신의 세계까지 규정한다고 여겼다. 내 밑바닥에는 약한 고리, 지적 허영심이 도사리고 있었다. 그건 얼마간 우리 셋을 결속한 힘이기도 했다. 나는 공부에 대한 열망 따윈 진작 소진되고 없었다. 미련과 향수가 남아 있었을 뿐이었다. '사진 한 장'에 대해 떠벌린 심리도 어쩌면 너무나 뻔했다.

내일 모임과 상관없이 이후에도 비읍은 전화를 걸고 문자메시지를 보낼 터였다. 출간도 평판도 그녀에게는 중요한 문제였다. 이전 책들이 시장의 호평을 받으면서 그녀는 얼마간 이름이 알려졌다. 그녀는 유명해지고 싶어 했다. 그에 대해 어떻게 생각하든 나는 그녀의 부탁을 거절하지 못하리라는 데 내 표를 던졌다. 정성스럽게 원고의 선후를 재배치하고 윤문하고 오탈자를 바로잡을 것이었다.

이응은 통화에서 직접 콘텐츠를 만들고 출판사를 운영해보라고 했다. 전자책도 있고, 어차피 종이책은 사양산업이니까. 근사한 의견이었다. 그 일은 차츰 생각해보고 나는 비읍의 일부터 매듭짓기로 했다. 파일을 첨부한 이메일에는 오래된 공원에서 배드민턴 치던 때의 찬란하던 햇빛에 대해 조금은 감상 섞인 추억담을 써나갈 터였다. 그때의 빛나던 젊음, 맺힌 데 없이 활달하던 그녀의 웃음에 대해 예찬할 터였다. 그리고 그건 진심이었다. 한 세대의 교분만큼이나 나는 다정한 문체로 쓸 터였다. 그건 내가 모임의 오랜 멤버로 할 수 있는 마지막 허영이었다.

밤이 지나가고

그는 새벽 한 시에 버스 정류장에 서 있었다. 정류장은 지하에 있는 전철역과 이름이 동일했다. 경기 서북부를 지나는 전철 노선의 종점으로, 그는 한 시간 전 막차를 타고 신도시의 이 역에 도착했다. 그가 남쪽 도시에서 고속버스를 타고 서울에 올라와 강남에 있는 터미널 인근의 전철역으로 달려갔을 때는 다행히 종점까지 가는 마지막 차가 남아 있었다.

차고 메마른 바람이 불었다. 그가 고속버스터미널에 내렸을 때도 이 바람이 불었고 한 시간 전 이곳에 왔을 때는 한층 앙칼지게 불었다. 하늘이 건너편 건물들 지붕까지 내려와 있었다. 그는 인조 라쿤 패딩의 지퍼를 목까지 채우고 낡은 가죽장갑을 배낭에서 꺼내 꼼꼼히 꼈다. 간간이 버스들이 들어왔다. 서울에서

오는 M버스와 일반좌석버스였고 버스에서 내린 누군가는 다급한 몸짓으로 정류장까지 늘어선 택시를 탔다. 신도시 끝에서 더 북쪽으로 가야 하는 사람들일 터였다. 그의 집도 차를 타고 북쪽으로 십여 분을 더 가야 했다. 그의 집이라 부르기에는 애매하긴 했지만 어쨌거나 그곳에는 그의 가족이 살고 있었다. 아내와 두 아이가. 그러니까 그의 가정, 홈home이 그곳에 있었다. 그의 집 앞을 지나는 유일한 좌석버스 노선은 새벽 두 시 무렵까지 운행했다.

그가 기다리던 버스는 오래지 않아 당도했다. 충동적으로 남쪽 도시를 떠나온 데 비해서는 교통편이 잘 맞아떨어졌다. 그는 좀 주저하다 차에 타고 있던 승객 서넛이 모두 내리자 서둘러 버스에 올랐다. 그리고 운전석 뒤의 세 번째 자리로 가 파묻히듯 앉았다. 손님은 그 하나뿐이었다. 히터의 열기가 술기운을 되살렸다. 그는 이곳에 온 뒤 한 시간 동안 이면도로 포차에서 소주를 마셨다. 나른하고 하품이 났다. 조선소에서 그는 족장이라 불렸다. 오늘도 온종일 이십오 킬로그램짜리 철판 자재를 들고 그가 고용된 회사가 주문받아 제작 중인 여객선을 오르내리며 발판을 만들었다. 날마다 발판을 만들고 해체하는 일, 그게 그가 하는 일이었다. 그가 탄 버스는 우회전해 신도시 끄트머리를 얼마간 통과해야 했다. 그런 다음 다리에서 꺾어져 돌아들면 농지가 나왔다. 집까지는 먼 거리가 아니었으므로 그는 졸지 않으려 애썼다.

 버스가 다리 근처에 이르러 신호에 걸렸을 때 기사가 그에게 뭔가를 말했다. 기사의 목소리는 그의 귀에 잘 들리지 않았다. 그는 엉거주춤 몸을 세우고 뭐라고요? 하고 소리쳤다. 칠십이 가까워 보이는 기사는 그에게 어디까지 가는지 물었다. 큰 목소리였지만 엔진 소리와 피로감 탓에 또렷이 들리지 않았다. 그는 감으로 기사의 질문을 파악하고 목적지를 말했다. 그도 목청껏 대답했지만 기사에게 전달되었는지는 알 수 없었다. 중요한 문제는 아니었다. 기사는 잠깐 망설이는 기색을 보이더니 그에게 양해를 구했다. 이번에는 기사의 목소리가 제대로 들렸다. 자신은 이 버스가 그날의 마지막 운행이며 날마다 마지막 운전 때는 차고지로 들어가면서 노래를 부른다고 했다. 손님들은 대개 전철역 종점에서 다 내리므로 거기서부터 차고지까지 가는 이십 분 동안 자기만의 시간을 갖는다고 했다. 기사는 말하는 내내 칸막이 밖으로 고개를 쭉 뺐고 겸연쩍게 웃었다. 기사가 최종적으로 자기 말을 정리했다.

 "뭐, 일기 같은 겁니다. 하루 일을 노래로 부르면서 정리해보는 거죠."

 그가 반대할 이유는 없어 보였다. 사실 그는 기사의 말을 정확히 이해하지 못했기에 이렇다 저렇다 말할 수가 없었다. 하지만 아무래도 상관없었다. 그는 다시 좌석에 몸을 묻었다. 그럼에도 일기라는 단어가 마음에 꽂혀 작은 소용돌이를 일으켰다. 일기를 써본 적이 언제였더라? 언제라고 확정할 만한 언제가 선뜻 떠오르지 않았다. 살아오면서 자신은 일기의 목적에 부합하는 일기다운 일기를 써본 적이 없는 것 같았다. 꾸준히 일기를 썼다면 인생이 다른 방향으로 흘러갔을까. 뒤미처 상념이 꼬리를 물었을 때 신호 풀린 버스는 다리로 접어들었고 그 아래 개천가에 줄지어 선 뼈만 남은 메타세쿼이아가 실루엣처럼 눈에 들어왔다. 그때 운전석 쪽에서 반주가 흘러나왔다. 그것은 놀랍게도 〈굳세어라 금순아〉였다. 의식한 것도 아닌데 그의 머릿속에서 스타카토 창법이 독특한 옛 가수가 그 노래를 불렀다. 이윽고 전주가 끝나자 기사가 '일기'를 쓰기 시작했다. 기사는 반주에 맞춰 뭔가를 읊조렸다. 어떤 단어들이 그의 귀에 들어왔다. 기사는 배차 문제로 실랑이를 벌인 동료에게 용서를 구하고 흉악 범죄가 날뛰는 세상을 걱정하는 듯했다. 기사의 즉석 가사는 점점 막힘없이 자연스럽게 리듬을 탔다.

그는 뜻밖의 상황이 얼떨떨했지만 동시에 풋 하고 웃음이 났다. 그는 이를 드러내고 소리 나지 않게 웃었다. 모처럼 입을 벌려 웃었고 오랜만에 부모를 떠올렸다. 텔레비전 앞에 앉아 '가요

무대'라는 프로를 보던 늙수그레한 부모의 모습을. 아직 젊은 나이였기 때문인지 그는 그 프로를 좋아하지 않았었다. 그 프로만큼이나 부모에게도 데면데면하게 굴었다. 백발의 노부모는 지금도 그 프로를 즐겨 볼 터였다. 그가 다시 그 프로를 접한 건 조선소 기숙사에서였다. 동료 중에는 넋을 빼고 보는 이들이 있었다. 나이가 든 이들이었다. 그는 쉰의 문턱을 넘었지만 그 프로를 보지 않았다. 예전보다는 확실히 친밀감을 느꼈음에도 의식적으로 피했다. 노래들이 너무 불필요한 기억들을 불렀다. 주로 가족에 대해서였고 친척이나 친구일 때도 있었다. 그때마다 구렁에 빠지는 기분이었다.

〈굳세어라 금순아〉가 2절까지 끝났을 때는 버스가 농지 옆 육차선도로를 달렸다. 반주는 〈이별의 부산 정거장〉으로 이어졌다. 기사는 일기에 몰입했고 이제 그를 잊은 듯했다. 그는 눈꺼풀이 무거웠다. 버스는 초등학교 옆을 지나갔다. 버스 안은 따듯했고 등을 묻은 좌석은 편안했다. 포차에서 마신 술이 수면제 노릇을 했다. 버스가 초등학교를 지나 언덕진 길을 오르는 사이 그는 잠이 들었고 그의 집 앞을 지날 때는 가볍게 코까지 골았다.

그가 깨어난 곳은 종점이었다. 종점은 하루 일을 마친 좌석버스들로 빼곡했다. 빨간색 차들은 몸을 도사린 채 밤잠에 든 야생

동물을 연상시켰다. 그는 도무지 방향을 가늠할 수 없었다. 버스가 지나온 길을 되짚어가면 집이 나올 테지만 그는 자신이 살던 빌라 단지 너머로는 가본 적이 없었다. 빌라 단지는 시 외곽의 산을 깎아 만든 신축 단지였다. 일 년 전 그가 떠날 때만 해도 분양이 되지 않아 빈집이 많았었다. 외진 위치 때문인 듯했다. 덕분에 그의 가족은 업자가 제시한 파격적인 가격에 집을 얻을 수 있었다. 아내에게 들은 바로는 빌라 단지를 지나면 농촌과 공단이 혼합된 지대였다. 농지와 띄엄띄엄 농가주택이 보이고 가건물 공장들이 늘어서 있었다. 그리고 섬처럼 곳곳에 야산이 박혀 있었다.

그는 기사에게 화가 났지만 자기 과실을 깨닫고 입을 다물었다. 그새 깊이 잤는지 취기는 말짱하게 가셔 있었고 몸도 개운했다. 기사도 난감해하기는 마찬가지였다. 차 안은 고요했다. 일기는 진작 다 쓴 모양인지 옛 가요 따윈 흔적도 없었다. 운전석을 벗어난 기사는 초등학교 때 문방구 주인처럼 어딘지 물러 보였다. 기사가 운전석 옆에 어정쩡하게 서서 말했다.

"아하, 어디까지 가신다고 하셨더라?"

"어쨌든 종점까지 오려던 건 아니었습니다."

그는 무뚝뚝하게 대답했다. 일부러 그런 것은 아니었는데 배낭을 메는 손에 거친 힘이 들어갔다. 시내 쪽으로 나가는 버스는 이제 없었다. 차고지로 들어올 차들만 두세 대 남아 있다고 기사가 말했다. 콜택시를 불러 타거나 걷는 수밖에 없었다. 빌라 단지까지는 장정 걸음으로 이십 분쯤 걸릴 거라고 기사가 다시 말했다. 그는 걷는 쪽을 택했다. 버스길을 따라 뛰어가기로 했다. 버스의 디지털시계가 한 시 삼십이 분을 가리켰다. 그는 차창 밖으로 고개를 돌렸다. 상자 모양의 작고 허름한 사무실에 쥐색 캡모자를 쓴 사내가 머리를 숙인 채 앉아 있었다. 그곳에서 흐릿한 불빛이 새어나왔다. 차창에 물기가 어린 것으로 보아 눈이 내리기 시작한 듯했다.

"아무튼 딱하게 됐구려. 밤길에다 눈이 퍼부을 것 같으니 조심해 가쇼." 기사가 말했다.

그는 버스에서 내렸다. 목이 몹시 말랐다. 진작부터 갈증이 났다는 사실을 깨닫자 걷잡을 수 없어 기사에게 물 한잔을 청했다. 게다가 뛰어가려면 목을 축여놓을 필요가 있었다. 기사가 그를 사무실로 데려갔다. 쥐색 캡모자가 휴대전화에서 눈을 돌려 그를 흘끔 쳐다보았다. 기사는 철제 책상 한쪽에 무더기로 놓여 있던 오백 밀리짜리 생수병 하나를 집어 그에게 건네주었다. 미지근한 물이 그의 목을 타고 흘러들어갔다. 쥐색 캡모자가 기사에게 말했다.

"오후에 달아났다던 모녀 살인사건 용의자 말이에요. 행방이 지금껏 묘연하다는데요."

"빨리 잡혀야 할 텐데 큰일이네. 살인범이라고 이마에 써붙이고 다니는 것도 아니고."

기사가 말을 받았다. 기사는 머뭇머뭇하더니 쥐색 캡모자에게 향했던 고개를 그에게로 돌렸다.

"뭐, 걱정 마슈. 제아무리 흉악한 놈이라도 잠은 잘 테니까."

그는 순간적으로 쭈뼛해서 다 마신 생수병을 우그러뜨렸다. 쥐색 캡모자가 그것을 지켜보며 기사의 말에 동조했다. 그런 다음 한마디 덧붙였다.

"사방이 씨씨티비니 뛰어봤자 벼룩일 겁니다. 사진도 벌써 공개됐고."

그보다는 고라니 같은 산짐승을 조심하라고 그들은 말했다. 가는 길에 뭔가를 만난다면 그편이 백 배는 확률이 높으리라고 했다. 하지만 겨울 산짐승이 먹이를 찾아 민가에 내려오는 건 흔한 일이니, 자극하지 않으면 별일은 없으리라고 처방까지 내주었다. 그는 고개를 끄덕였다. 도망 중인 살인범이 이런 밤에 이런 날씨에 이 먼 데까지 찾아들 이유는 희박해 보였다.

그가 사무실을 나왔을 때 버스 한 대가 차고지로 들어왔다. 버스의 중간문 앞에 검은색 롱패딩 차림의 남자가 서 있었다. 비니 털모자 아래로 목도리를 둘둘 감고 있었다. 몸피가 호리호리해서 여자인가 했지만 직선의 체형이 남자라는 것을 말해주었다. 그는 자기도 모르게 그 남자를 유심히 살폈다. 그것을 알기라도 하듯 롱패딩이 그에게로 고개를 돌렸다. 선득한 기운이 얼굴을 비껴갔다. 눈이었다. 그는 과장되게 그것을 털어내며 차고지 입구를 향해 걸어갔다. 그는 입속말로 중얼거렸다. 기껏해야 귀가 늦은 주민이겠지.

그는 기사가 알려준 방향으로 발을 뗐다. 처음부터 달릴 수는 없어 빠른 걸음으로 걸었다. 인도가 나 있지 않아 차고지에서 나온 쪽으로 길을 잡았다. 그러고 보니 우측통행이었다. 기사의 말대로 멀찍멀찍 가로등이 켜져 있었다. 차고지 앞의 가로등을 지나자 이차선도로 건너편으로 어둠이 길게 덩어리져 있었다. 야트막한 야산이었다. 그가 걷는 쪽은 농지였다. 그는 성큼성큼 걸었다. 일 년 동안 발판공으로 일하는 사이 그는 두려움에 둔감해졌다. 위험은 늘 발밑에 있었고 그것을 매 순간 의식했음에도 저절로 길들었다.

밀가루처럼 흩어진 눈이 안기는 바람에 실려와 그의 몸에 들러붙었다. 줄곧 차고 건조한 바람이 불더니 가루눈이 내리기 시작했다. 그는 인조 라쿤 패딩에 붙은 후드를 뒤집어썼다. 남쪽 도시는 온종일 해가 났다. 그 때문에 먼 길을 오면서도 다른 날씨를 예상하지 못했다. 그는 걸음을 재촉했다. 그가 발길에 속도를 내는 만큼 눈의 밀도는 점점 촘촘해졌다.

얼마쯤 걷던 그는 무엇에 놀라듯 주위를 두리번거렸다. 그를 놀라게 한 것은 자신의 숨소리였다. 숨소리는 후드 안에 갇혀 짐승의 것처럼 크고 축축했다. 어떻게 그처럼 잠이 들 수 있었을까. 그 찰나의 한순간이 그는 마음에 들지 않았다. 언제나 그 한순간이 문제였다. 충동적으로 남쪽 도시를 떠나오고 방심한 채 잠이 드는 그런 순간들이. 잠이 들지 않았다면 지금쯤 집에 있을까. 종점에서 술을 마시지 않았다면. 느닷없이 떠오른 질문이었고 어쩐지 대답이 궁했다. 그는 집으로 가는 첫 버스가 들어왔을 때 출입문 앞에서 멈칫 서버렸다. 택시를 타고 강남의 터미널로 돌아가려 했다. 남쪽으로 가는 심야버스가 남아 있었다. 하지만 그는 반대편 도로를 바라보았을 뿐 건너지 않았다. 몸을 돌려 정류장 부근을 서성거리다 이면도로의 포차로 들어갔다. 기사는 일기까지 썼으니 깃털처럼 가벼워져 집으로 돌아가겠지. 돌아갈 곳이 분명한 일상. 그는 기사에게 부러움을 느꼈고 그런 감정에 당황했다.

상황이 당면한 문제를 일깨웠다. 그는 마스크를 챙기지 않은 것, 운동화를 신고 온 것을 후회했다. 물론 그런 차림은 계획 없이 길을 나선 사람다웠다. 퇴근하자마자 기숙사로 달려가 배낭부터 꾸렸으니까. 고속버스에 올라서야 반장에게 휴대전화를 걸어 내일은 연차휴가로 처리해달라고 부탁했다. 반장에게 난처한 일은 아니었다. 연말이었고 회사에서는 연차휴가를 쓰도록 유도했다. 오후에 그는 삼 층 객실 용접 작업에 필요한 발판을 설치하다 두 차례나 휘청했다. 발판 작업에 손이 익으면서는 좀체 없던 일이었다. 며칠 전부터 오늘 날짜와 싸우다가 결국 집중력을 잃고 말았다. 발판공이 기댈 데는 안전고리밖에 없었다. 그는 죽고 싶지 않았다. 두 번째 휘청했을 때는 동료에게 하마터면 죽을 뻔했다고 농담까지 건넸다. 농담은 동료보다 그 자신을 더 웃겼다. 하마터면 죽을 뻔했다니. 그럼에도 그 말은 새로운 발견처럼 그를 사로잡았다. 하필 오늘 그런 생각을 했다는 게 아이러니했다. 생각은 집에 가보자는 쪽으로 급선회했다.

당신의 의지를 보여줘. 그럼 믿어줄게.

그가 남쪽 도시로 떠나기 전 아내는 그렇게 말했었다. 온종일 귓가에 떠다닌 말이기도 했다. 아내가 믿어줄 만큼 자신이 달라졌는지는 알 수 없었다. 날마다 발판을 만들고 해체하는 일이 달라졌다는 증거가 될 수 있을까.

바람의 방향 탓에 걸음이 더뎠다. 그는 몸을 옹송그린 채 걸으며 두 손을 맞비볐다. 남쪽 지방에선 끼어본 적 없던 장갑이 새삼 유용했다. 가죽장갑은 아내가 선물한 것이었다. 생일 아니면 결혼기념일이었을 것이다. 결혼을 초겨울 생일 즈음에 해서 헷갈렸다. 그는 두 날 중 하나로 특정하려 고개를 갸웃했으나 뒤에서 기척 없이 달려오던 승용차가 경적을 울려대는 바람에 생각을 빼앗겼다. 그가 미처 손을 들어볼 짬도 없이 흰색 승용차는 가루눈 속으로 사라졌다. 이차선도로는 북쪽으로 가는 큰 도로의 지름길인 듯했다. 승용차가 남기고 간 꼬리등의 여운으로 그는 눈앞이 캄캄했다.

새벽 두 시에 히치하이크라도 하려고? 그는 손을 들려 한 자기의 행동 때문에 실소했다. 그래도 도로를 지나는 누군가가 있다는 사실이 나쁘지 않았다. 그는 다음 차를 기다리듯 뒤를 돌아보았다. 이삼십 미터 거리에서 누군가가 따라오고 있었다. 차고지에서 본 검은색 롱패딩 남자 같았다. 불현듯 기사와 쥐색 캡모자의 대화가 떠올랐다. 롱패딩의 걸음은 빨라 보였다. 그는 뛰어가려 했으나 마구 뿌려지는 눈가루가 시야를 가렸다. 상체를 약간 비껴 바람의 저항을 줄이는 게 그가 할 수 있는 전부였다.

가까운 곳에서 개가 짖었다. 가로등 불빛에 가건물들이 희미하게 모습을 드러냈다. 공장지대인 듯했다. 농지에 세워졌을 가건물은 도로 양쪽으로 상당한 공간을 차지하고 있었다. 개는 늘어선 가건물들 어디쯤에서 짖고 있었다. 아내가 다니는 자동차

부품 공장도 저 가건물 중 하나에 있을 거였다. 아내는 생산 라인에서 부품을 조립하고 불량품을 골라내는 작업을 했다. 그가 파산하자 아이돌보미 따위 닥치는 대로 일을 하던 아내는 빌라단지로 이사한 뒤 그곳에서 일자리부터 구했다. 공장지대에 다가갈수록 개는 더 악착같이 짖어댔다. 이미 같은 방향에서 한 마리가 합세했고 맞은편에서도 또 다른 개가 컹컹거렸다.

 눈은 빠른 속도로 바닥을 높였다. 그는 운동화가 젖어 발이 몹시 시렸다. 번갈아가며 두 발을 바닥에 탁탁 쳤지만 둔탁한 아픔만 전해졌다. 후드 한쪽을 끌어와 뺨을 가렸으나 아무런 감각도 느껴지지 않았다. 가건물 밑에라도 기어들어 쉬어가고 싶었다. 가건물은 하나같이 처마 없는 맞배지붕에 직사각형 상자 모양새였다. 어쩐지 롱패딩과는 거리가 훌쩍 좁혀진 것 같았다. 그는 한쪽 장갑을 입에 문 채 언 손으로 휴대전화 화면을 톡톡 두드렸다. 차고지를 나온 지 십오 분이 지나 있었다. 지나온 시간을 기준으로 볼 때 반쯤 온 것 같았다. 그는 누군가와 말이 하고 싶었고 단축번호 1번을 누르려다 그만두었다. 아내는 조심스럽게 사고 여부부터 물을 터였다. 배터리가 반 넘게 방전된 상태였다. 2번, 3번, 4번, 5번. 그는 그들을 떠올리며 웃옷 주머니에 휴대전화를 집어넣었다. 부모와 친척, 친구 같은 이들이 뒤섞여 눈앞을 스쳐갔다.

그가 공장지대 한복판에 이르렀을 때 개들의 소리는 한층 그악스러워졌다. 머릿속 방위표가 개들의 위치를 동서남북으로 구분했다. 개들은 북쪽과 남쪽에서 짖었고 그는 동쪽을 향해 가고 있었다. 전직 중학교 사회 선생다운 습관이 그 와중에도 작동했다. 이 불길한 지대를 얼른 벗어나야 했다. 멀리 한 쌍의 불빛이 달려오고 있었다. 종점으로 들어오는 버스인 듯했다. 불빛은 빠르게 다가왔다. 그는 최대한 가장자리로 물러났다. 마른 덤불에 덮인 경사진 둑 아래는 가건물들 사이사이로 빈 들이 자리했다. 그는 발을 헛디디지 않으려 다리에 힘을 주었다. 버스는 가루눈을 헤치며 무서운 속도로 그의 옆을 지나갔다. 그는 속도에 놀라 버스의 꽁무니를 눈으로 좇았다. 롱패딩도 질주하는 버스를 피해 가장자리에 서 있었다.

그는 재빨리 몸을 돌리고 발을 내디뎠다. 그때 살아 있는 뭔가가 그의 눈에 들어왔다. 대각선 방향의 공장지대 끝머리에서 검은 물체가 가로등 아래에 멈춰 서 있었다. 개들이 짖어댄 건 그나 롱패딩 때문이 아닌 듯했다. 심지어 그것의 머리는 이쪽을 향해 있었다. 그는 그 자리에서 우뚝 섰다. 고라니인가 했지만 멧돼지 같았다. 기사와 쥐색 캡모자의 말대로 먹을 것을 찾아 산에서 내려왔을 터였다. 멧돼지는 관망이 끝났는지 이쪽을 향해 움직이기 시작했다. 그는 머리끝까지 얼어붙었으나 자신을 보호하라는 본능의 소리를 들었다. 롱패딩도 멧돼지를 보았을까. 그는 슬쩍 뒤를 돌아보았다. 롱패딩의 걸음은 거침없어 보였다.

그는 천천히 몇 걸음을 걸었다. 그가 멧돼지에 대해 알고 있는 상식은 텔레비전 뉴스가 전해준 게 거의 전부였다. 그는 그것을 기억해내려 애썼다. 기사와 캡모자의 조언도 생각해냈다. 소리를 질러 자극하거나 먼저 공격하는 건 위험을 자초하는 행위였다. 이미 멧돼지의 눈에 띄었다면? 그는 다시 제자리에 서며 침착해야 한다고 마음을 다졌다. 멧돼지는 시력이 좋지 않다고 들은 것 같았다. 어느새 개들의 소리는 잦아들었고 한 마리가 병든 것처럼 낑낑거렸다.

멧돼지의 움직임이 눈에 띄게 빨라지고 있었다. 얼마 못 가 맞닥뜨릴 게 뻔했다. 그는 가건물 사이로 숨어드는 방법을 생각했지만 바로 접었다. 개들이 짖어대 위치가 드러나기 쉽고 적의 동태를 살피기도 어려웠다. 거리가 단숨에 좁혀지고 있었기에 망설일 시간이 없었다. 그는 둑 밑으로 내려섰다. 둑의 덤불에 쌓인 눈을 훑어내고 거기에 몸을 밀착했다.

그는 집의 도어록 비밀번호를 외어보았다. 두 아이의 생일을 조합한 숫자였다. 그러자 이 모든 상황이 별일 아닐지도 모른다는 생각이 들었다. 그저 어느 하루 취한 날의 유난스러운 귀갓길처럼 여겨졌다. 그는 현관벨도 눌렀다. 문을 열어준 아내가 깜짝 놀랐지만 동시에 안심하는 표정을 지었다. 아이들에게 둘러댔듯 나미비아에 배를 만들러 갔던 그가 예고 없이 돌아온 것뿐이었다. 아이들과 연락하지 못한 건, 그는 아내에게 설명하려 했으나 말문이 막혔다. 그건 할 말이 너무 많기 때문이야. 할 말이 너무 많아서 한마디도 할 수 없는 거지. 그는 차가운 둑에 엎드려 아내에게 말했다. 가족과 소원해진 건 그들 잘못이 아니었다. 지난 일 년간 그는 자기를 벌주는 데 전념했다. 그제야 생애 전부를 몰아서 일기를 써본 것인지도 몰랐다.

언 빨래 같은 그의 몸 위로 가루눈이 쏟아졌다. 그는 의태 동물처럼 주위 환경에 제대로 몸을 숨긴 느낌이었다. 두려움이 고조될 때마다 등에서 부싯돌을 댕기듯 열기가 퍼졌다. 멧돼지는 가까이 와 있었다. 그는 덤불 사이로 고개를 살짝 들어 그것을 주시했다. 멧돼지는 야생의 거칠고 축축한 소리를 내며 뭔가를 찾듯 바쁘게 네 다리를 움직였다. 이윽고 멧돼지는 그가 있는 곳까지 다가왔다. 멧돼지는 잠시 멈춰 서는 듯했다. 그는 한 손으로 입을 틀어막고 스며들듯 눈 덮인 덤불에 고개를 묻었다. 멧돼지는 그가 짐작했던 것보다 크지 않았다.

가늠하기 힘든 시간이 흘렀다. 그는 조심스럽게 고개를 빼들고 도로를 살폈다. 길은 텅 비어 있고 바람 소리와 눈 내리는 소리만 사방에 가득했다. 그는 덤불을 헤치고 나와 도로에 올라섰다. 진저리를 쳐 눈을 털어내고 배낭을 고쳐 멨다. 할 수 있는 한 달려보기로 했다. 그가 롱패딩을 궁금해할 찰나 멀지 않은 곳에서 검은 옷의 남자가 도로 위로 뛰어올랐다. 그는 소스라치게 놀랐으나 드러내지 않으려 어금니를 물었다. 그는 앞서가지 않으려고 걸음을 늦췄다. 롱패딩이 눈치채지 못하도록 적당히 속도를 조절했다. 롱패딩의 발소리에선 금속성이 묻어났다. 어쩐지 금속성의 발소리도 점점 느려지는 것 같았다. 그는 남아 있는 체력을 고려해보았다. 난감했다. 그 순간 롱패딩이 그의 옆을 지나쳤다. 번개가 울고 갈 속도였다. 롱패딩은 워커에 도시형 아이젠을 신고 있는 듯했다. 쌓인 눈이 금속 소리를 흡수했다.

　개들이 다시 짖어대기 시작했다. 그는 상황을 이해했다. 또 숨을 곳을 찾아야 한다는 뜻이었다. 공단 안에 합숙소가 있다는 말을 아내에게서 들은 적이 있었다. 동남아시아나 인도반도에서 온 근로자들이 묵는 숙소였다. 개들은 그곳을 지키고 있을 터였다. 그들 중 누군가는 아내의 동료일 터였다. 아내와 함께 무섭도록 단순한 일을 할 터였다. 하지만 바로 그 점이 자기 일의 미덕이라고 그녀는 기계처럼 단순한 표정으로 말했다. 그는 아내에게 미안했지만 지속적인 감정은 아니었다. 그가 야박해서 그런 것은 아니었다. 코너에 몰리고 나니 타인이 보이지 않았을 뿐이었다. 자기 자신조차도 보이지 않았다.

앞서가던 롱패딩의 걸음이 표가 나게 느려지고 있었다. 몸을 수그리는 듯하다가 곧추세우고는 다시 앞으로 나아갔다. 몇 차례나 같은 동작을 반복했다. 그는 롱패딩과 일정 간격을 유지하려 했지만 그 때문에 오히려 좁혀들었다. 이런 밤에 종점부터 걸어온 걸 생각하면 누구라도 지칠 만했다. 도망 중인 살인범이라도 다르지 않을 거였다.

얼마 뒤 개들의 소리가 수그러들었다. 그와 롱패딩은 거의 동시에 뒤를 돌아보았다. 그들이 지나온 도로 저 끝으로 북쪽, 그러니까 왼쪽에서 멧돼지가 뛰어오르고 있었다. 롱패딩은 달리기 시작했고 그도 달렸다. 그러고 보니 지난 몇 해는 늘 뭔가를 쫓아가거나 쫓긴 시간이었다. 어쩔 수 없이 고등학교 선배가 떠올랐다. 선배는 시장의 첨단을 걷는 개척자로 보였다. 바이오업계의 기대주이자 경제신문이 앞다퉈 칭송하던 미다스의 손. 그는 선배의 회사에 들어간 자신의 전 재산이 튀겨질 숫자를 수시로 두드리고 환호했다. 우쩍우쩍 나아가는 세상이 자신만 외면하는 것 같았는데 비로소 선택받은 기분이었다.

그는 부모와 동생에게도 이 기회를 알렸다. 일생을 노역에 바친 부모와 성실하지만 멋진 한 방을 꿈꾸는 동생에게 이 선물을 나누어주고 싶었다. 그는 신뢰받는 자식이자 형제였다. 그랬기에 그들은 우려하면서도 기회를 받아들였고 친척까지 끌어들였다. 그가 그러했듯 그들의 동기도 순수했다. 그다음은 뉴스에 나오는 투자 실패담과 별반 다르지 않았다. 선배는 사라졌고 텔레비전 뉴스와 시사프로에 따르면 필리핀 혹은 러시아에 있었다. 그는 그때의 자신을 설명하기 어려웠다. 허공의 숫자를 경배하던 때의 황홀함에 대해서도. 그것은 교사의 임무를 후순위로 돌릴 만큼 강력했고 그는 권고사직으로 대가를 치렀다. 이후로는 쫓기는 처지가 일상처럼 돼버렸다. 남쪽 도시에서 다달이 아내의 통장에 일정 금액을 넣는 것이 그가 가족과 연결된 단 하나의 끈이었다. 아내는 약속대로 그가 그곳에 있다는 걸 누구에게도 말하지 않았을 터였다.

조금만 더 가면 멧돼지가 서 있던 가로등이었다. 그곳은 공단의 들머리였고 이어진 야산을 지나면 빌라 단지가 나올 터였다. 빈 버스가 조심성 없이 그들의 옆을 지나갔다. 기사의 말을 상기하면 오늘의 마지막 차였다. 길옆에 비켜 서 있던 그들은 약속이나 한 듯 지나온 길로 눈길을 돌렸다. 버스가 사라진 자리에 검은 물체가 우쭐거리고 있었다. 그들은 다시 달리기 시작했다. 쌓인 눈과 쏟아지는 눈 탓에 속도랄 게 없었지만 어쨌거나 달렸다. 그들의 거리는 마음만 먹으면 나란해질 만큼 가까워져 있었다.

멧돼지가 서 있던 가로등 옆에 버스 정류장이 있었다. 그것을 보자 강한 의구심이 그를 어지럽혔다. 롱패딩은 왜 여기서 내리지 않고 종점까지 갔을까. 숨어들 곳을 찾아왔으나 지리에 익숙지 않아 종점까지 간 건 아닐까. 의심을 피하려고 일부러 정류장을 지나쳤는지도 몰랐다.

그는 롱패딩의 걸음걸이를 살폈다. 술을 마신 것 같지는 않았다. 롱패딩의 두 팔은 번번이 가슴께로 올라갔고 그때마다 그는 입이 말랐다. 그러자 문득 이판사판이라는 생각이 들었다. 이게 피할 수 있는 문제일까. 피할 수 없는 문제. 진실은 그것이었다. 그의 몸인지 마음인지 어딘가에서부터 둔통이 몰려왔다. 남쪽 도시에서도 무시로 찾아오던 통증이었다. 그는 애써 외면하는 방법으로 그것을 떨어내곤 했다. 그런 속임수에 의지했다. 그렇다면 그동안 자신에게 벌준 일은 무엇일까. 자기기만? 자기연민이 포함된 자기기만? 역겨움이 그의 목까지 치밀어올랐다. 수치심이 불끈 힘을 부풀렸다. 그는 롱패딩을 향해 힘껏 두 다리를 놀렸다.

그들은 얼추 나란해졌다. 롱패딩이 그가 메고 있는 배낭 쪽으로 흘끔 눈을 주었다. 미세했지만 또 한 번 곁눈질했다. 배낭에는 펜치와 몽키스패너 따위 간단한 공구들이 들어 있었다. 발판공으로 일하는 사이 공구를 소지하고 다니는 습관이 생긴 것뿐이었다. 여차하면 배낭 안의 것들을 무기로 써야 했다. 그는 배낭을 내려 오른손으로 지퍼 고리를 잡았다. 또다시 몸을 수그리려던 롱패딩이 흘깃 그것을 보았다. 롱패딩은 불현듯 상체를 세웠다. 그가 놀랄 새도 없이 롱패딩이 겁에 질려 떠듬거렸다.

"알바 끝나고, 집에 가는, 길이에요. 잠이 들어, 종점까지 가 버렸어요."

집에는 할머니 혼자뿐이라고 롱패딩이 말했다. 신도시 병원에서 환자 이송을 돕는 알바를 하고 있는데 3교대라 한밤중에 끝났다고, 자기는 집에 거의 다 왔으며 필요하다면 아이젠을 벗어주겠다고, 아이젠은 교대한 형이 준 것인데 한쪽이 풀어지려 해서 아까부터 고쳐 매려 했다고 정신없이 주워섬겼다. 무엇보다 할머니는 제가 없으면 보일러를 켜지 않으세요. 이렇게 추운 날도요. 롱패딩이 두 손을 맞잡고 웅얼웅얼 말을 마쳤다.

그는 힘이 쭉 빠졌으나 이내 자세를 가다듬었다. 롱패딩에게서 눈을 돌려 뒤를 돌아보았다. 멧돼지가 난폭한 취객처럼 종횡무진 도로 위를 내닫고 있었다. 롱패딩도 그것을 보았는지 작게 외마디 탄식을 뱉었다. 그가 롱패딩의 등을 툭툭 치며 말했다.

"얼른 집에 가서 할머니 보일러 틀어드리게."

그는 가로등을 지나 마루턱에 올라섰다. 여전히 우측통행이었다. 맞은편 야산의 실루엣이 낯익었다. 그의 집에서도 내다보이던 산이었다. 그는 롱패딩을 떠올리며 쓴웃음을 지었다. 롱패딩은 정류장 옆으로 난 갈림길로 사라졌다. 아이젠을 조여 매곤 뒤 한번 돌아보지 않고 달려갔다. 넘어질 듯 불안해 보였지만 작아지다 곧 검은 점이 돼버렸다. 그 자신이 위협이 되리라곤 생각지 못했다. 청년이 느꼈을 공포가 전해지며 다시 둔통이 찾아왔다. 청년의 할머니도 가요무대를 즐겨 볼까. 그는 그 프로가 불러오던 불필요한 기억들이 되살아났다. 구렁에 빠지는 기분이었다. 조금 전의 수치심이 그런 기분을 밀어냈다. 그는 롱패딩에게 힘껏 다가갔듯 기억들을 정면에 세웠다. 동기의 맹목적 순수. 자신의 선의는 몰이에 지나지 않았음을 인정했다.

어둠 짙은 하늘은 밤새 가루눈을 퍼부어댈 모양이었다. 길에 혼자 남겨지자 급격히 추위가 밀려왔다. 그는 눈보라를 향해 서툴게 욕을 뱉었다. 이삼십 킬로그램의 철판을 들고 하루에 수십 번씩 배의 바닥부터 갑판까지 오르내리면서도 해본 적 없는 욕설이었다. 그나마 장갑을 챙긴 게 다행이었다. 사실 챙겼다기보다 배낭 안에 들어 있던 물건이었다. 아내에게서 선물 받은 뒤 겨울이면 늘 가방 안에 넣고 다녔다. 아내가 장갑을 선물한 것이 생일인지 결혼기념일인지 아직도 헷갈렸다. 그는 손가락을 펴고 두 팔을 엇갈려 겨드랑이에 집어넣었다. 롱패딩이 두 팔을 가슴께로 가져가던 까닭을 알 것 같았다.

그새 모습을 감췄던 멧돼지가 마침내 도로에 나타났다. 빠른 속도로 그가 있는 쪽으로 달려오기 시작했다. 놈이 어디로 향할지 도무지 종잡을 수 없었다. 그는 롱패딩과 헤어지고 나서 112에 신고하려 했지만 결국 하지 않았다. 그런 문제라면 공장지대에서 이미 조치했으리라 여겼다. 얼마나 잘못된 판단인지 그는 그제야 깨달았다. 합숙소에는 차라리 멧돼지에게 시달리는 편을 택해야 하는 이들이 있을 터였다.

멧돼지가 내지르는 괴성이 그의 귀에도 들려왔다. 공장지대는 충분히 휘저었고 이제 멧돼지가 갈 데는 그가 있는 곳뿐이었다. 짐작이라 해도 대비해야 했다. 주위에 몸을 숨길 만한 지형지물은 야산의 나무밖에 없었다. 산으로 피하는 건 위험했지만 다른 방법이 없었다.

그는 맞은편의 야산으로 올라가려 길을 건넜다. 초입에 키가 크고 가지가 벌어진 소나무가 눈길을 끌었다. 그는 그 나무를 피신처로 점찍었다. 어스름한 가운데 소나무 뒤로 두 기의 봉분이 보였다. 근처에 무덤들이 옹기종기 모여 있었다. 어릴 적 그의 팔에 났던 무사마귀 같았다. 중학생이 되고 나서 떨어지기 시작해 그런 게 있었다는 사실도 잊어버린 군더더기 살들. 눈에 덮인 채 봉곳하게 솟아 있는 것들은 죄다 무덤인 듯했다. 어느 집안의 종중산이라고 언젠가 아내가 말한 적이 있었다. 아파트를 짓기로 했는데 건설사와 종중 간에 이해가 엇갈나 없던 일이 됐다고 했다. 쫓기는 나날에도 그런 한가로운 이야기를 주고받았다.

도로 가장자리에 어린 떡갈나무와 억새풀이 마른 채 뒤엉켜 있었다. 그가 점찍은 소나무까지 가려면 비탈을 올라가야 했다. 그는 마른 풀을 헤치고 지치고 둔한 몸을 디밀었다. 바로 그 순간 그는 발 쪽에 극심한 통증을 느꼈다. 올무가 왼쪽 발목을 죄어왔다. 와이어로프로 만든 올가미가 소나무 둥치에 연결되어 있었다. 밀렵꾼이나 인근 농가에서 설치한 듯했다. 그는 그 자리에 주저앉았다. 혀를 깨물어 소리를 삼켰다. 발을 빼려 할수록 올무는 더 죄어들었다. 그는 움직이지 않으려 애썼다. 움직이지 않으니 졸음이 쏟아졌다. 그는 잠들지 않으려고 정강이를 꼬집었다. 자기의 집이 있는 빌라 단지 쪽을 바라보았다. 굿모닝빌라. 빌라 단지의 이름이었다. 굿모닝빌라가 코앞에 있었다.

그는 자신이 도피하려 했던 '안전지대'를 떠올렸다. 과오는 헤아려줄 수준에서 벗어나 있었고 그 길만이 유일한 선택지였다. 눈에 덮인 세상처럼 사람들로부터 완벽하게 잊히고 싶었다. 그는 자동차 트렁크에 착화탄을 싣고 다녔다. 안전지대로 가기 위한 티켓이었다. 일 년 전 오늘 그는 그 티켓을 쓰려고 했다. 빌라 단지로 이사한 지 두 달쯤 지난 때였다. 함박눈이 내려 멀리 떠나기에 좋은 날이었다. 주말이었고 방학을 앞둔 아이들은 늦잠을 자고 있었다. 그는 딸의 방문 앞에서 서성거렸다. 방금 아들의 방문 앞에서도 그랬듯이 손잡이를 향하던 손이 슬며시 내려왔다. 집 안 어딘가에 있었던 아내가 현관문을 열고 들어왔다. 파르르 떨고 있는 아내의 양손에는 우산과 착화탄이 들려 있었다. 기억은 올무보다 아팠다.

그는 장갑을 벗고 휴대전화를 켰다. 올무 푸는 법을 검색했다. 그는 조선소에서 허공에 길을 놓는 사람이었고 지금 여기서도 길을 놓아야 한다는 걸 알았다. 그는 품에 손을 집어넣고 얼마간 녹였다. 배터리가 넉넉지 않았다. 충전했어야 한다고 그는 중얼거렸다. 발판 작업을 하면서는 조원끼리 단체대화방을 이용했다. 연락 사항을 주고받다 보면 배터리는 금세 닳았다. 그는 한숨을 쉬었다. 자기의 삶도 대책 없이 방전된 배터리 같았다.

올무의 원리는 그리 복잡하지 않았다. 하지만 곱을 대로 곱은 손은 뜻대로 움직여지지 않았다. 그는 발판공이라 와이어로프를 다루는 데 능숙했지만 펜치가 번번이 빗나가 끊어내지 못했다. 펜치가 빗나갈 때마다 올가미가 발목을 죄어왔다. 이곳에 올무가 설치됐다는 건 멧돼지든 고라니든 야생동물이 다니는 통로라는 의미였다. 그가 다시 한번 펜치를 들었을 때 그의 귀에 다급하고도 축축한 산짐승의 소리가 들려왔다. 그는 허벅지에 펜치를 내려놓고 숨을 죽였다. 재빨리 112에 전화를 걸었으나 배터리가 방전돼 통화 도중 끊어졌다.

그는 최대한 마른 풀에 몸을 숨겼다. 적이 방향을 틀기만을 빌었다. 가루눈이 사락사락 정적 속에 흩뿌려졌다. 정말 긴 하루였다. 어쩐지 이 하루는 일 년 전부터 예정된 것만 같았다. 일기를 쓰던 기사는 집에 돌아갔겠지. 기사는 어떻게 그런 생각을 해냈을까. 기사가 떠오르자 그가 쓰던 일기가 옛 가요에 맞춰 흘러갔다. 텔레비전 앞에 웅크리고 앉아 가요무대를 보던 늙은 부모의 모습이 스쳐갔다. 착화탄을 들고 파르르 떨던 아내의 얼굴도 지나갔다. 대미는 안전지대로 떠나려던 어리석은 자신이었다. 빈 반주가 흘렀고 그는 이 모든 것을 정리해서 일기를 써보려 했다. 하지만 서두를 어디서부터 잡아야 할지 알 수 없었다. 그는 당면한 상황보다 그 점이 난감해서 눈물이 났다. 지친 탓인지 물기는 눈꺼풀 안에서만 겨우 맴돌았다. 문득 아내에게서 장갑을 선물받던 날이 기억났다. 마흔다섯 살 생일이었다. 그 아침의 가벼운 포옹과 첫 인사가 떠올랐다.

"굿모닝, 굿모닝······."

그는 점점 가까워지는 적의 소리를 들으며 언 입술을 달싹였다.

패치워크

오혜린이에요. 휴대전화 저쪽에서 여자가 말했다. 네? 누구요? 나는 경계의 기색을 숨기지 못하고 목소리를 높였다. 지인 중에 그런 이름을 가진 사람은 없었다. 이미 이정선 씨 휴대전화죠? 하고 물어 그렇다고 대답까지 했으니 스팸전화 거절하듯 끊어버리기도 어려웠다. 정말 오랜만이라고, 언젠가 꼭 한번 뵙고 싶었다고 여자가 다음 말을 이었다. 제가요? 나는 되물었고 여자는 가끔 내 생각을 했다고 대답했다. 나에 대해 좋은 기억이 많다고 했다.

나는 어느새 빈백에서 일어나 방 한가운데 서 있었다. 알록달록한 우산들이 떠 있는 십 호짜리 화폭과 이젤 너머 원목 벽시계를 얼떨떨한 채 바라보고 있었다. 잠기운이 걷히고 춘곤증도 달아났다. 느릿한 말투, 다소 굵은 저음. 이 여자는 대체 누구일까. 이런 특징은 여자의 말들을 어딘지 연극 대사처럼 들리게 할 뿐이었다.

벽시계의 분침이 정점에 올라서며 시침과 니은 자를 그렸다. 여자가 말을 계속했다.

"아, 김옥환 선생님 화실에 다닌 적 있으시죠?"

"네, 뭐."

"그때 파리로 유학 갔던 오혜린이에요, 제가."

여자의 설명은 대충 이러했다. 파리로 떠나기 전 김옥환 화백에게 그림을 배웠다. 파리에선 사랑에 빠졌다. 교민사회가 들썩일 만큼 뜨거운 연애였고 결과는 해피엔딩이었다. 대가도 치렀다. 그림을 작파하고 말았으니까. 하지만 짬짬이 공부도 하고 민간 홍보 사절이라고 할까, 파리에 살면서 한국 문화를 알리는 데 열정을 쏟았다. 돌아보면 영화 같은 삶이었다. 지금은 서촌에서 갤러리를 운영하고 있다. 귀국하자마자 오픈했으니까 삼 년쯤 되었다. 목적은 하나였다. 실력 있는 화가들을 발굴하는 것. 물론 주류 사업으로 성공한 남편의 지원이 절대적이었다.

여자의 말들 사이로 나의 감탄사가 추임새처럼 끼어들었다. 여자가 다음 말로 넘어갔다.

"파리에 가기 전 그림 교실에서 환송 파티를 해주셨는데, 기억 안 나세요? 술도 마시고 다들 노래방에 몰려가 노래도 불렀는데. 김옥환 선생님은 샹송을 부르시고요."

문득 기억의 방 깊은 곳에서 뭔가가 꿈틀하고 움직였다. 삼십 년 전 서교동 주택가 인근의 노래방에서 조르주 무스타키의 노래인지 샹송을 부르던 김옥환 화백이 떠올랐다. 그때만 해도 무명이던 그는 집에서 가까운 자신의 화실에서 수강생들을 모아 서양화를 가르쳤다. 덩달아 페도라를 즐겨 쓰던 어떤 여자가 모습을 드러냈다. 어깻죽지 아래에서 찰랑대던 생머리와 광대뼈가 도드라진 인상까지. 말투가 느릿했던가. 그 여자의 이름이 혀끝에서 튀어나오려 했다. 오정순. 그녀의 이름은 오정순이었다. 내 또래였고 나와 이름이 비슷했다.

나는 입술을 맞물었다. 오정순과 오혜린의 간극을 생각했다. 개명하거나 활동명을 사용하는지도 몰랐다. 그렇다고 옛사람인 나에게까지? 나는 고개를 갸웃했지만 이내 통화로 돌아왔다. 그녀를 기억하지 못한 것을 세월 탓으로 돌렸다. 오십이 넘어간 뒤로는 좋아하던 배우들의 이름도 까먹는다고 엄살을 부렸다. 패션 감각이 남다르던 그분 아니냐고 뒤늦게 알은체했다. 제가 좀 그런 데가 있죠. 여자가 대답했다. 농담이라 하기에는 지나치게 진지했다. 여자의 정체가 점점 선명해졌다. 그녀는 자신을 칭찬하는 데도 주저함이 없었다.

패치워크

여자가 예의 연극배우 같은 톤으로 물었다.

"그때 저한테 팔찌 주신 거 기억하세요?"

"팔찌요? 제가 팔찌를 드렸다고요?"

팔찌는 지금도 애장품 목록 가운데 하나라고 했다. 아마 나를 좀 더 여러 번 떠올린 건 팔찌 때문일 거라고 했다. 시바 여왕의 눈물 같은 에메랄드 구슬은 여전히 투명하고 아름답다고, 18케이 화이트골드 체인도 섬세한 모양 그대로 빛나고 있다고 그녀가 말했다.

"아, 그런 일이 있었나요?"

나는 빈백으로 돌아가 앉았다. 그것은 잃어버린 물건이었다. 언제 어디서 잃어버렸는지 감조차 잡지 못한 물건. 단서를 찾아 시간과 장소를 추적하다 보면 늘 어느 대목에선가 깜깜한 공동과 마주쳤다. 그리고 인생이 상실을 전제한다는 것을 알아갔듯 그 일도 차츰 잊혔다.

어서 오세요. 전화기 저쪽에서 그녀가 누군가를 맞이했다. 이어서 내게 말했다.

"죄송해서 어쩌죠. 갤러리에 손님이 오셨네요. 나중에 다시 연락하기로 해요."

그녀는 나와 나누고 싶은 이야기가 많다고 했다. 특히 나의 그림에 대해. 내가 갤러리에 오거나 자신이 내 집을 방문하거나 모쪼록 머지않은 날에 만날 수 있기를 바란다고 했다.

 마치 무엇에 씌인 기분이었다. 나는 빈백에서 일어나지 못한 채 진영에게 전화를 걸었다. 진영은 운전 중이었다. 시내에 나온 길에 볼일을 몰아서 보고 화실로 돌아가고 있었다. 오혜린에게 내 전화번호를 알려준 사람이 진영이었다. 전화 첫머리에 여자는 그렇게 말했다. 그다음은 경위를 물어볼 틈이 없이 이야기가 흘러갔고 통화가 끝났다.
 "오 관장이 이렇게 빨리 전화할 줄은 몰랐네."
 진영이 들뜬 목소리로 말했다. 그러잖아도 화실에 도착하면 나에게 연락할 참이었다고 했다. 오 관장의 입에서 내 이름이 나온 게 신기했으니까. 그래서? 나는 다음 말을 채근했다.
 "언니도 알다시피 내가 기획전을 준비하고 있었잖아."
 진영은 가볍게 웃고 나서 이렇게 서두를 뗐다. 전부터 서촌에 있는 한 갤러리가 진영에게 기획전을 제안했다. 말로만 오가던 논의 사항을 진영은 마침내 매듭짓고 오전에 계약서에 서명했다. 이로써 민화적 요소를 가미한 기존 화풍에 서사를 부여한다는 전시 콘셉트도 확정했고 시기도 가을로 조율했다. 그때 불쑥 내 생각이 나더라고 했다. 진영은 관장에게 나에 대해 늘어놓기 시작했다. 전시 경력은 없지만 김옥환 화백이 아끼던 제자라고 강조했다. 방금 누구라고 했죠? 눈이 커진 오혜린이 다시 내 이름을 물었다. 이, 정, 선 씨요. 진영이 대답했다. 오혜린의 입에서 뜻밖의 말이 흘러나왔다. 파리에 가지 않았다면 이정선 씨와 저는 베스트 프렌드가 됐을 거예요.

아무래도 오혜린이 다른 사람과 혼동한 것 같았다. 그 말을 하려는데 진영이 한발 앞섰다.

"언니도 대외적으로 이름 좀 알려야지."

진영이 가끔 내게 하는 말이었다. 나는 민망한 웃음을 웃었다. 나는 대단한 예술혼이 있어 그림을 그리는 게 아니었다. 묘사에 뛰어나다는 평가를 받았으나 딱 그 정도였고 화가로서 대성해보겠다는 욕망도 나와 멀었다. 나는 팔리는 그림을 그리려 했다. 가정집 거실에 걸리는 그림, 사무실 벽에 걸어놓기 좋은 수채화를 그렸다. 꽃과 새와 풍경 같은 것들, 목련과 수련을 그리고 우듬지에 집을 지은 까치, 호젓한 숲과 농촌의 정경을 그렸다.

"너도 잘 알잖아."

내가 뭉뚱그려 말했다. 진영이 쐐기를 박았다.

"언니, 그러니까 전시가 필요하지."

진영은 아버지 쪽 친척이었다. 젊은 시절 우리는 집안에서 미생의 존재였다. 짧은 결혼생활을 접고 그림에 매달리는 진영과 백화점 디스플레이어로 일만 하는 내가 그들에게는 완생의 가망

없는 딸들로 비쳤을 것이다. 각자 우여곡절을 겪느라 한동안 소원하다 진영과 다시 친해진 건 확실히 공동의 적들 덕분이었다. 진영은 나중에 번아웃에 빠진 나를 자신의 화실로 불러들였다. 팽개친 지 오래인 붓을 내 손에 쥐여주었다.

그 여자, 팔찌 같은 단어가 말이 되지 못하고 입술에 걸렸다. 나는 새삼스레 진영이 운전 중임을 일깨웠다. 편할 때 연락하자고 짐짓 부산을 떨었다. 그새 나는 팔찌 건을 놓고 몇 가지 개연성을 추론했고 그 가운데 극단적인 가정 쪽에 기울어져 있었다. 한번 말이 터지면 근거 없는 의심이 함부로 쏟아져나올 것 같았다. 나는 언니다운 목소리로 말했다.

"진영아, 늘 고맙다. 조심해서 들어가."

*

점주는 매장 밖까지 따라 나와 배웅해주었다. 또다시 미안하다고 말했다. 나는 점주의 손을 잡으며 조카가 씩씩해서 다행이라고 했다. 점주는 이달 초 자신의 조카를 아우터 매장의 정식 직원으로 고용했다. 부부가 개업한 식당이 빚만 떠안고 문을 닫자 고모로서 결정한 배려였다. 양해를 구하는 점주에게 나는 오히려 잘된 일이라고 위로했다. 그림에 집중할 수 있으리라고 했다. 금토일 사흘간의 시간제 알바 처지에 어쩐지 과한 인사 같았지만 내 나름의 설레발이라는 걸 점주도 모르지 않았다. 오 년이 지나오는 동안 서로 그쯤은 이해했다. 조카의 사정과 인수인계 때문에 몇 차례 더 출근하는 사이 보름이 흘러갔다. 점주는 집이 가까우니 종종 놀러 오라고 했다.

아우터 매장은 쇼핑몰의 지하에 자리했다. 출입문을 열고 나오자 바로 지하철역이었다. 대기업이 운영하는 쇼핑몰은 인근에 뉴타운이 조성되면서 들어섰다. 일요일인데도 출입문을 오가는 발길이 붐볐다. 나는 플랫폼으로 향했다. 목적지는 진영의 화실이었다. 진영은 오전에 미대 입시반 학생들을 가르치고 지금은 자신의 작업을 하고 있을 터였다. 원래대로라면 여덟 시까지 일해야 하지만 점주는 마지막 날이라고 퇴근을 세 시간 반이나 앞당겨주었다. 진영의 화실까지는 중간에 한 번 다른 노선으로 갈아타서 모두 스무 개 역을 가야 했다.

지난달 그린 우산 그림이 얼마 전에 팔렸다. 산 사람이 초등학생 아이를 둔 진영의 평일반 수강생이었다. 내 그림의 수요는 혈연관계가 기반이었다. 나와 이촌 삼촌의 관계들. 그리고 진영이 포함되었다. 그들의 자발적 영업이 느슨한 프랙털을 이루었다. 인사동 표구사에 그림을 맡기면서 진영의 화실 주소를 알려주었더니 그저께 배달된 모양이었다. 구매자에게는 내일 전해질 터였다. 내가 사는 빌라 골목에선 아이들의 등하교나 조회, 체육 시간이 고스란히 전해졌다. 반복되는 소리에 진저리치다가도 문득 웃음이 날 때가 있었다. 어둑한 아침 색색의 우산을 받치고 등교하는 아이들의 모습이 그랬고 학기 초 전교 회장 후보자들의 유세 연설 같은 것이 그랬다. 지난달 알록달록한 우산 그림을 그리기 시작한 건 이렇게 비가 온 날이었다.

플랫폼에 내려선 지 몇 분 안 돼 지하철이 들어왔다. 열차를 타고 구동음이 일정해지자 습관처럼 오혜린이 떠올랐다. 나는 곧추세웠던 등을 의자에 기대고 눈을 감았다. 이십 일이 넘도록 그녀에게선 연락이 없었다. 진영에게 우산 그림의 표구 상태를 보러 가겠다고 했지만 핑계에 지나지 않았다. 그런 거라면 진영이 더 꼼꼼하게 확인했다. 나는 그게 무엇이든 오혜린과 관련된 이야기가 듣고 싶었다. 전할 만한 것이 있다면 진영이 먼저 알려왔을 텐데도 조급증이 일었다.

역시 내가 기억하는지 떠보려는 것이었을까. 거짓말까지 하면서? 팔찌는 내게도 선물 받은 물건이었다. 환송 파티가 열린 건 그것을 선물한 이가 내 팔목에 채워준 지 반년도 안 된 때였다. 서너 번 시도 끝에 잠금장치를 채우던 그의 신중한 표정이나 쑥스러운 미소 따위가 영원하리라 여겨지던 때. 팔찌는 그가 고등학교 선배의 공방을 드나들며 완성한 세공품이었다.

생각이 오래전 송별 모임으로 이어졌다. 좌식 테이블 건너편에서 오혜린이 웃고 있었다. 그녀를 중심으로 앉아 있던 여자 몇의 얼굴에도 웃음기가 어려 있었다. 수채화 동호회 회원이라는 중년 남자 둘이 내 옆에서 여자들을 건너다보았다. 오혜린의 맞은편쯤에서 김옥환 화백이 잔을 쳐들고 뭐라 외쳤다. 일식집일 것이었다. 이후 노래방으로 몰려갔고 미러볼 조명 아래 누군가 느린 곡조의 노래를 불렀다. 마이크를 잡은 이도 듣는 이도 노래에는 별 관심이 없었다. 나직한 말소리와 웃음들이 뒤섞이다 모두가 주목한 건 김옥환 화백이 무대로 나섰을 때뿐이었다.

더 나아가지 않는 기억이 답답했다. 정확한 기억인지도 확신할 수 없었다. 문득 안내 방송이 들려와 눈을 떴다. 곧 열차 문이 열리고 등을 보인 승객 몇이 나가고 새로운 승객들이 안으로 들어왔다. 다음다음 역에서 환승해야 했다. 열차가 다시 움직이기 시작했을 때 진영한테서 전화가 왔다. 그녀는 문병부터 가는 게 어떻겠냐고 했다. 김옥환 화백이 겨울에 폐암 수술을 받았는데 예후가 좋지 않다고 자기도 전해 들은 소식을 알렸다. 당분간 시간 내기가 어려운데 오늘 마침 언니와 만나니 함께 가자고 했다. 오랫동안 찾아뵌 적이 없어서…… 기억이나 하실지 모르겠다. 생각할 틈도 없이 말이 먼저 나왔다. 진영이 대답했다.

"언니, 어쩌면 마지막이 될지도 몰라."

진영도 자주 찾아뵙는 사이는 아니라고 했다. 하지만 해외 전시 때 신세진 적도 있고 재입원이라고 하니까. 진영이 말끝을 흐렸다. 마지막이라는 말이 감정들을 단순하게 수렴했다. 나는 대학병원이 자리한 지하철역에서 내리기로 했다. 병원 방향 출입구 부근을 약속 장소로 정했다. 진영의 청색 투싼과 번호판의 숫자까지 나는 잘 알고 있었다.

 휴일의 오후 면회는 여섯 시부터였다. 우리는 지하 주차장에 차를 세워둔 뒤 승강기를 타고 일 층으로 올라왔다. 진영이 안내데스크로 다가가 환자의 이름과 병실의 호수를 댔다. 두어 발짝 뒤에 있던 내 귀에도 안내 직원의 말이 또렷이 들렸다. 김 화백은 한 시간 전 중환자실로 옮겼다고 했다. 진영이 사정을 묻자 직원이 말했다.
 "그리로 갔다는 건 몹시 나빠지셨기 때문일 테죠."
 진영과 나는 잠시 망연한 표정으로 서로를 쳐다보았다. 진영의 눈빛도 달리 방법이 없지 않겠냐고 말하고 있었다. 중환자실 면회가 남아 있었지만 그건 우리가 끼어들 영역이 아니었다. 와병 후 사람들의 방문을 꺼려 입원 사실도 최근에야 알려진 듯했다. 병의 위중함을 걱정하면서도 왠지 그가 중환자실로 피해버린 기분이었다. 어쨌든 까다로운 듯 군더더기 없던 그다웠다.

우리는 안내데스크에서 벗어나 오른쪽으로 걸어갔다. 승강기가 그곳에 있었다. 지하까지 내려가는 승강기 하나가 일 층에서 멈췄다. 문이 열리자 일부가 내리고 우리는 발을 뗐다. 그때 진영이 어, 하고 놀라는 소리를 냈다. 타고 있던 중년 여자의 입에서도 진영과 같은 소리가 터져나왔다. 우리는 주춤했고 여자의 상체가 앞으로 쏠렸다. 진영이 제법 큰 소리로 여자를 불렀다.

"오 관장님."

여자가 안에서 나왔다. 오혜린이었다. 세월이 그녀의 얼굴에도 만행을 저질렀을 테지만 십 년은 족히 깎아줄 만한 모습이었다. 웨이브 없이 단정하게 손질된 숱 많은 머리칼이 어깨쯤에서 찰랑거렸다. 단박에 알아보지 못한 건 축소된 광대뼈와 커진 눈 때문이었다. 심플한 다크네이비 재킷과 바지 정장 차림도 예전의 그녀와는 달라 보였다. 목소리가 그녀임을 증명했다.

"오랜만이에요."

나는 그녀가 내민 손을 살짝 맞잡았다.

"그렇네요. 반가워요."

진영이 나서지 않아도 오혜린과 나는 이렇게 인사를 치렀다. 그녀는 중환자 보호자 대기실에서 사모님을 뵈었다고 했다. 가족들도 있고 쾌유를 비는 것뿐 할 수 있는 일이 없어 돌아가던 중이라고 했다. 진영이 일 층 한쪽에 있는 찻집으로 그녀와 나를 이끌었다. 무난한 선택이었다. 저녁을 먹자니 어색하고 그냥 헤어지자니 미진한 느낌이 들었다.

오혜린도 며칠 전에야 김 화백의 소식을 들었다고 했다. 주중에는 바빠서 오늘 겨우 짬을 냈는데 문병도 못 하고 몹시 안타깝다고 했다. 딸처럼 아껴주셨는데. 그녀가 눈을 내리깔고 미간을 찌푸리며 말했다. 여전히 연극 톤의 느릿한 말투였다. 그녀가 귀국하던 해 파리 전시에서 뵈었을 때만 해도 김 화백은 건강하고 열정이 넘쳤다고 했다. 물론 귀국한 뒤에도 그분에게서 병색 따위 찾지 못했다고 했다.

진동벨이 울리고 진영이 쟁반에 캐모마일차 석 잔을 가져왔다. 그녀가 나와 진영의 관계를 궁금해했다.

"친척이에요."

진영은 어머니가 내 아버지의 사촌 누이라고 말했다. 사촌이지만 내 아버지가 남자 형제뿐이라 친남매나 다름없었다고 덧붙였다. 그래서 우리도 스물 중반까지 서로의 집에 놀러 다닐 만큼 가깝게 지냈다고 했다.

"아, 그래요."

오혜린이 놀란 표정으로 말을 받았다. 진영과 나를 번갈아 쳐다보며 어쩐지 닮은 것 같다고 했다. 외모가 아니라면 적어도 분위기 같은 것이. 진영이 웃으며 종종 듣는 말이라고 했다. 아마

가장 친한 친척이어서 저절로 닮아버린 것인지도 모르겠다고. 오래 산 부부가 닮듯이.

"팔찌에 대해선 그새 기억이 나셨나요?"

차를 한 모금 마신 오혜린이 생각났다는 듯 물었다.

"아, 팔찌요."

나는 관심조차 없었던 것처럼 무심하게 대답했다. 조금 더 나아가면 의심 쪽으로 무게추가 기운 속내를 들켜버릴 것 같았다.

"그때 노래방에서 제 팔에 직접 채워주셨는데요. 기억 안 나세요?"

"그랬나요. 저는 왜 깜깜하기만 할까요."

오혜린의 얼굴에 난감해하는 기색이 지나갔다. 마치 대본에 적힌 지문의 지시대로 움직이듯 과장된 데가 있었다. 진영이 호기심을 보였으나 팔찌 이야기는 그쯤에서 끝났다. 진영의 전시 작업과 미술계 동향을 화제로 가벼운 대화가 오갔다. 전에 전화에서 그랬듯 오혜린은 내 그림도 한번 보고 싶다고 말했다. 나눌 이야기가 많으리라고 했다.

찻잔이 비기까지 삼십 분이면 충분했다. 막상 그녀의 얼굴을 보자 진영의 화실을 찾아가던 애초의 팽배한 감정이 도리어 싱겁게 느껴졌다. 세 사람은 적당한 덕담을 나누며 지하 주차장으로 내려왔고 진영과 나는 오혜린의 흰색 포르쉐를 배웅한 뒤 투

쌍에 올랐다. 진영이 시동을 걸며 팔찌에 관해 물었다. 나는 그날 오혜린과의 통화 중에서 팔찌 부분을 요약해 들려주었다.

"잃어버린 팔찌를 오 관장이 가지고 있다?"

진영이 묘한 표정을 지었다. 뭔가 더 말할 줄 알았으나 입을 다물고 골똘히 생각에 잠겼다. 진영은 내게 팔찌를 준 이를 잘 알고 있었다. 얼마 뒤 그것을 잃어버렸다는 사실도 물론 알고 있었다. 김옥환 화백의 화실에 다닐 때만 해도 그와 나는 진영을 포함한 몇몇 지인과 곧잘 어울리곤 했다. 우리 둘 다 그의 이름은 언급하지 않았다. 그러자고 한 것도 아닌데 오래전 금기어처럼 돼버렸다. 곡선 경사로를 몇 차례 돌아 햇빛이 보일 때쯤에야 진영의 얼굴이 밝게 펴졌다. 그녀가 한 손을 핸들에서 떼어 하늘을 가리켰다.

"알바 그만둔 거 다 뜻이 있는 거야. 무슨 말인지 알지?"

*

골목에서 어떤 여자가 경태인지 영태인지 누군가의 이름을 불러댔다. 이윽고 어이구 이놈의 새끼야, 언능 씻고 피아노 가야지. 여자는 악다구니를 쳤고 아야야 하고 사내아이가 비명을 질렀다. 이내 골목은 조용해졌다. 나는 웃음을 머금고 빈백에 던져

놓았던 잡지를 집어들었다. 진영의 화실에서 가져온 지난 호 미술 잡지였다. 수강생이 두고 간 것이라고 했다. 중간쯤을 펼쳤다. 엊저녁 김옥환 화백의 문병이 어긋나고 진영의 화실에 갔을 때 그녀가 넘겨주던 페이지였다. 흰색 아트지가 자연광에도 번들거렸다. 해당 꼭지의 필자가 오혜린이었다.

대단한 능력자라니까.

이름 아래 소개된 약력을 검지로 톡톡 치며 진영은 그렇게 말했다. 선망이나 비웃음이 담긴 말투는 아니었다. 다른 건 몰라도 그 여자의 부지런함만은 나도 인정하지 않을 수 없었다. 오혜린은 갤러리 관장 외에도 미술평론가, 수도권 대학의 겸임교수로 불리고 있었다. 나는 돌아오는 지하철 안에서 오혜린의 글을 읽었다. 장 뒤뷔페의 아르 브뤼 미술을 미학적 관점에서 재조명한 것이었다. 새로운 주제는 아니었다. 진영의 말대로 평론이라 하기에는 애매했다. 인용한 문장이 많아선지 현학적이고 난삽해서 언뜻 요점을 잡기가 어려웠다.

약력이 당신을 만날 짬이 없다고 말하는 것 같았다. 하긴 팔찌가 아니라면 애초 내게 연락할 까닭이 있었을까. 그녀와 통화한 뒤 나는 의심을 지렛대 삼아볼까 마음먹기도 했다. 의심을 입증하지 못한다 해도 선물이라는 카드가 남았고 이 또한 빌붙어볼 구실이 될 수 있으리라 생각했다. 나는 진영에게 내가 했던 치사한 궁리를 고백했다. 심지어 치사해질수록 나 자신이 얼마나 싱싱하게 살아났는지도. 하지만 이제는 흙탕물이 가라앉았다고 했다. 어차피 그 여자에게 가지 않았다면 팔찌는 어딘가 강바닥에 묻혀버렸을 테니까. 진영의 얼굴이 굳어졌다.

"근데 정말 그 팔찌가 확실해?"

"그런 거 같아."

"어째서 그걸 오 관장이 가지고 있을까?"

"분명한 건 내가 선물하진 않았다는 거지."

진영은 어둠뿐인 창밖으로 고개를 돌렸다. 김옥환 화백을 다시 뵙긴 어렵겠지? 그녀는 고개를 돌린 채 질문인지 자문인지 모를 말을 던졌다. 어쨌든 맥락 없는 말이었다. 충격이 큰 모양이네. 내가 위로하듯 대답했다. 돌아온 진영의 시선이 무릎 앞의 탁자로 내려갔다.

"예전부터 선생님께 여쭤보고 싶은 게 있었거든. 이젠 영영 기회가 없으려나."

진영이 꽤 심각하게 말했다.

"뭔지 엄청 궁금하네."

가라앉은 분위기를 띄우려고 내가 너스레를 부렸다.

"궁금해?"

진영이 나와 눈을 맞추며 애써 웃어 보였다. 팔찌에 관해서는 그쯤에서 끝났다. 그녀는 내게 일어났던 동요가 오히려 고무적이라고 했다. 때로는 흙탕물이 의욕을 추동하는 힘이 되기도 한다고 입가에 다시 웃음을 띠며 말했다.

"너무 깔끔하게 살지 않아도 돼. 일단 시도해보는 거지."

어쩐지 대화가 갈지자로 흘러갔다. 나는 화제를 돌렸다. 뒷담화라기보다 놀랐다는 뜻에서 오혜린의 달라진 외모와 바뀐 이름에 대해 말했다. 진영도 알고 있었다. 오혜린의 갤러리와 전시를 계약한 뒤 사람들에게 들었다고 했다. 오 관장이 독특한 인물이긴 한 모양이야. 솔직한 거 같은데 이상하게 잘 모르겠대. 진영은 고개를 갸웃하며 말했다. 소문으로는 나르시시스트다, 누리는 것에 대한 자랑이 노골적이다, 말들이 뒤따랐다. 그러면서도 늘 사람들에 둘러싸여 있다고 했다. 진영은 알 게 뭐냐고 했다. 그런 성향의 사람이구나 생각하면 그뿐이었다. 흔히 그렇듯 자신도 필요한 만큼만 취하고 사니까. 깊이 들어가지 않으니까.

"넌 역시 현명하구나."

나는 엊저녁 진영에게 했던 말을 혼잣말로 중얼거렸다. 진영은 그림에 몰두하면서도 자기만의 오지에 갇히거나 경사지에 미끄러지지 않았다. 나처럼 번아웃에 빠지지 않았다.

잡지를 눈 가까이 가져와 다시 한번 오혜린의 약력을 들여다보았다. 노래방에서 내가 선물로 팔찌를 채워준 여자. 그렇게 말하자 인공지능처럼 머릿속에서 장면들이 만들어졌다. 시간을 돌고 돌아 오류일 게 분명한 데이터를 실제인 양 처리했다.

*

라일락을 채색하다 연보라 꽃 무리에 물감을 흩뿌렸다. 아르쉬지에 서너 개의 보랏빛 사선이 생겨났다. 사선은 순식간에 흘러내리며 라일락을 망가뜨렸다. 생기 없이 예쁘기만 하다는 게 폭력을 행사한 이유였다. 정당한 사유인지 고민했으나 전에 없던 난폭함이 당황스러울 만큼 짜릿했다. 금요일 한낮. 출근하지 않은 첫 금요일이 이렇게 파괴로 지나가고 있었다. 흙탕물을 일으키지 않아도 호리병에 가둬두었던 나의 무엇인가가 소리 없이 새어나오고 있었다.

점주에게 전화해 안부를 나누었다. 점주는 내가 없으니 매장 진열에 두서가 없다고 말했다. 그녀는 무슨 말이든 듣기 좋게 하는 재주가 있었다. 아우터 매장에서는 판매일을 했다. 언제부턴가 일이 판매 쪽으로 고정됐다. 하던 일이 디스플레이어보다는 브이엠디VMD라 불리던 무렵부터였을 것이다. 그림에 한 다리를 걸치고 주로 시간제 일자리를 구했다. 풍족하지는 않아도 미술 재료까지 살 수 있었으니 호사를 누린 셈이었다. 절약이 몸에 밴

건 앞으로의 생활을 위해서도 유용했다. 당장 바깥일을 찾지 않아도 그럭저럭 살아갈 수 있을 것이었다.

나는 집을 나와 골목 끝에 있는 초등학교로 향했다. 아이들이 하교한 뒤에는 주민에게 운동장을 개방했다. 운동장은 텅 비어 있었다. 골목 사람들은 대부분 초저녁에 찾아와 걷거나 뛰었다. 나는 심정이 어수선할 때 산책을 했다. 철망 울타리 너머 언덕에서 애기똥풀이 노란 꽃을 피우기 시작했다. 잡풀과 민들레, 애기똥풀이 울타리 안쪽까지 쳐들어와 운동장의 본래 주인이 누구냐고 시위했다. 그들의 야성과 당당함이 끔찍하면서도 눈을 떼지 못했다. 나는 땅바닥에 쪼그리고 앉아 울타리 안과 밖의 경계를 스케치했다.

운동장 가장자리를 따라 끄트머리의 스탠드까지 걸어갔다. 오혜린에게서 카톡 문자메시지가 들어왔다. 그림을 예닐곱 점 더 보내달라고 했다. 진영이 보낸 방식대로 스캔해서 카톡으로 전송하면 되리라고 했다. 스캔한 그림을 더 본다는 게 의미가 있겠는지 물었다. 바로 답신이 왔다. 우선 좀 보완할 필요가 있어서요. 실물을 보는 건 기회를 만들어보죠. 진영은 전체적인 경향성을 대표하는 작품으로 선정했다. 오혜린은 새든 꽃이든 풍경이든 한 주제를 밀도 있게 살펴보려는 것이라고 했다. 주제 선택은 내 의사에 맡겼다.

진영은 무슨 생각인지 나보다 먼저 실행에 나섰다. 청신호인가 설레다가도 진영의 적극성이 부담으로 다가왔다. 나는 후 숨을 내쉬곤 마무리 인사를 입력했다. 지금은 그저 검토 과정 중에서도 첫 단계에 지나지 않았다. 그 여자가 전시를 보장해준 게 아니었다. 그런데도 나의 답신에는 비위를 맞추는, 얼마간 아첨하는 기색이 담겨 있었다. 수치감에 화끈 열이 올랐으나 이미 전송 버튼을 누른 뒤였다. 나는 산책을 멈추고 교문을 향해 운동장을 가로질렀다. 세상에 그 여자의 갤러리 딱 하나뿐인 듯 외곬을 달려가는 기분이었다.

일단 시도해보는 거지.

나는 진영이 했던 말을 되뇌었다. 교문에서 오른쪽 세 번째 빌라의 나선형 계단을 따라 이 층으로 올라왔다. 거기 두 가구 중 하나가 내 집이었다. 작업방에 들어가자 함부로 흘러내린 보랏빛 물감이 현실을 일깨웠다. 나는 할 일도 잊은 채 망가진 라일락을 응시했다.

*

김옥환 화백의 문병에서 만났으니 오혜린과는 열흘 만이었다. 그녀는 선글라스를 앞섶에 걸며 나의 집 현관으로 들어섰다.

일산의 공공 갤러리에서 열린 전시 오프닝에 참석하고 서촌으로 돌아가는 길이었다. 내가 사는 곳이 거쳐 가는 길목에 있었다. 오전에 전화한 그녀는 그 점을 언급하며 찾아봬도 괜찮은지 물었다. 저녁 식사 시간은 피할 수 있으리라고 했다. 그녀의 방문이 첫 전화만큼이나 현실감이 없었지만 거절할 이유도 없었다. 생각보다 그녀가 빨리 움직인 건 진영의 재촉 때문인 듯했다. 뭐라 말했는지는 모르지만 하긴 진영은 주변이 좋은 편이었다.

"이렇게 살아요."

나는 다른 말들은 덧붙이지 않았다. 집이 누추하다 같은 겸손한 말을 한다는 게 우스웠다. 그녀가 어떤 규모의 집에서 어떻게 살고 있는지 따위는 내가 알 바 아니었다.

"살림 솜씨가 야무지신데요."

집 안을 대충 둘러보며 그녀가 말했다. 실은 야무지기보다는 간소했다. 화실에서도 뭐든 야무지게 해내셨죠. 그녀가 뜻밖의 말을 했다. 그때 총무를 맡아서 하셨잖아요. 다른 사람과 착각한 것 같아 내가 바로잡았다. 그럴 리가요. 워낙 똑 부러지셔서 제가 본받고 싶었는걸요. 그녀가 확신에 차서 말했기에 반박하지 못했다. 그랬나요. 나는 얼버무리는 것으로 상황을 끝냈다.

작업방으로 그녀를 안내했다. 거의 소품이에요. 그림들을 펼쳐 보이며 그녀에게 말했다. 손끝이 파르르 떨려 그녀 몰래 주먹을 쥐곤 했다. 내가 그림을 그리는 목적을 이야기했다. 진영에게는 당연하던 말이 그녀에게 뱉고 나니 부끄러웠다. 그림에 들인 시간이 한낱 소모처럼 느껴졌다. 재가 되어 풀썩 꺼져버린 느낌. 한 번쯤은 목적 밖의 작품에도 도전해볼 수 있었을 텐데.

"보내주신 작품들도 잘 보았는데요, 상업성 면에서 나쁘지는 않아요."

그 여자가 느릿느릿 말했다. 인상주의 화풍이 엿보이기는 하지만 김옥환 화백의 영향에선 벗어났다고 했다. 전시 기회야 마음만 먹으면 얼마든지 있잖아요. 그녀가 말했다. 그렇죠. 나는 기회가 많았으나 마음만 먹지 않았던 사람처럼 새삼스레 동의했다. 차차 또 의논해보자고 여자가 말했다. 그녀의 말이 긍정의 뜻인지 완곡한 거절인지 헷갈렸다.

그녀와 거실 소파에 앉아 얼그레이차를 마셨다. 김옥환 화백은 호전될 가망이 희박한 듯했다. 중증의 호흡기 환자들이 그렇듯 임종을 지키려 가족들이 모였다가 흩어지기를 몇 차례 반복한 모양이었다. 그러다가 결국 혼자서 임종한다잖아요. 그녀가 얼굴을 찡그리며 안타까운 일이에요, 라고 말했다. 나는 고개를 끄덕였다. 대화가 옛날 화실 이야기로 옮겨갔다. 그녀나 나보다는 한두 살 위이던 수강생의 이름이 등장했다. 뒤에 뉴질랜드로 이민 간 사람이었다. 저와 베스트 프렌드였잖아요. 그녀가 말했다. 둘의 관계가 소원해진 건 파리에서의 연애 때문이라고 했다. 사랑에는 엄청난 열정이 필요하니까.

"정말 보고 싶네요. 늘 제 이름이 멋지다고 말해줬는데."

"네?"

"제 이름 말이에요, 혜린."

"아."

"아버지가 전혜린의 열렬한 팬이셨거든요."

"아, 전혜린. 아버님이 문학을 하셨나 보군요."

"공직에 계셨어요. 하지만 영원한 문청이셨죠."

아버지는 그녀가 중학생 때 돌아가셨다고 했다. 아버지가 남긴 평창동 한옥은 지금도 어머니 혼자 지키고 있다고 했다. 떠나지 못하시는 거죠. 그녀의 얼굴에 연민 비슷한 표정이 서렸다.

내 가족이 살던 옛집도 평창동에 있었다. 하지만 어쩐지 맞장구치기가 어려웠다. 옛집은 가끔 꿈에서만 보았다. 한옥 마당가의 잘생긴 적송이나 쨍한 햇살 아래 곱게 물들어가던 단풍나무, 화단에 무성하던 꽃철 지난 옥잠화와 작약, 모란 따위들, 장독대 앞에 늘어선 토종 국화와 간장, 된장, 고추장 냄새가 섞인 오묘한 냄새까지 꿈에서도 생생했다. 꿈은 늘 아릿한 느낌을 남겼다. 옛집은 형제들도 언급하지 않았다. 하물며 여자에게야. 화실에 다닐 때만 해도 나는 그 집에 살았다.

나는 그림으로 화제를 돌리려 했다. 자리를 매듭짓기 위한 순서였다. 그때 여자가 찻잔에 손을 가져가며 물었다.

"근데 정말 아직도 기억나지 않으세요? 팔찌 말이에요."

속이 뒤틀리며 흙탕물이 일었다. 그녀의 모호한 말들이 몹시 피로했다. 그녀의 말에는 진실과 거짓이 섞여 있었고 내 기억을 왜곡하려 드는 듯했다. 나는 두 가지 대답 사이에서 잠시 망설였으나 상반된 대답을 동시에 할 수는 없었다.

"드디어 기억이 났답니다."

나는 엷게 웃으며 입을 열었다. 아마도 팔찌는 김옥환 화백이 조르주 무스타키의 노래를 부르던 즈음에 그녀에게 전했을 거라고 했다. 오혜린의 아름다워진 얼굴이 환하게 피어났다.

오혜린은 다시 선글라스를 끼고 학교 운동장에 주차했던 포르쉐를 타고 골목을 빠져나갔다. 나는 작업방으로 돌아와 빈백에 주저앉았다. 바닥에는 새가 날고 꽃이 피고 사계절이 펼쳐져 있었다. 인질처럼 와트만지에 혹은 아르쉬지에 붙잡혀 있었다. 나는 물끄러미 그것들을 내려다보았다. 찍어낸 그림처럼 아무런 감흥이 일지 않았다. 그 사실이 놀라워서 눈물이 찔끔 나왔다. 이어 실소가 터져나왔다. 목적이 딱 그 정도 아니었나. 그것으로 충분하지 않았나. 성급히 터져나온 물기로 눈시울이 차가웠다.

어느새 창밖이 가로등 불빛으로 밝아졌다. 나는 전등 스위치를 눌렀다. 엘이디 불빛이 조금은 인상주의풍인 그림들을 쌀쌀맞게 비췄다. 일부러 인상주의 화풍을 흉내낸 것은 아니었다. 나는 그렸고 더 많은 이들의 거실과 사무실에 걸리길 바랐을 뿐이었다. 처참한 기분이 증폭되려 할 때 스마트폰이 벨음을 울렸다. 진영이었다.

"언니, 김옥환 선생님이 방금 돌아가셨대. 내일 함께 문상 갈 수 있겠어?"

*

김옥환 화백의 빈소는 입원 중이던 대학병원 장례식장에 마련돼 있었다. 오전의 빈소 주변은 한산했다. 지하의 창백한 조명 아래 서 있으니 방금 봄꽃으로 화사한 도시를 지나왔다는 게 믿어지지 않았다. 상주가 돼본 적이 있었음에도 장례식장은 여전히 서먹했다. 진영과 나는 노년의 김옥환 화백 영정에 흰 국화 한 송이씩을 바쳤다. 향을 사르고 공손히 절을 했다.

우리는 조문만 하고 돌아오기로 했다. 지하 주차장으로 내려가는 승강기를 타려고 복도를 지나가는데 낯익은 얼굴이 나타났다. 늘어선 조화 사이로 걸어오는 사람은 옛 화실 동료였다. 수채화 동호회 회원이던 중년의 두 남자 가운데 하나였다. 나는 단박에 그를 알아보았다. 당시 그의 나이가 생각보다 많지 않았는지도 몰랐다. 그도 나를 보자 고개를 갸웃했다. 곧 그가 미소를 지으며 오른손을 내밀었다. 우리는 그에게 붙들려 그가 조문하는 동안 빈소 밖에서 기다렸다.

진영과 나는 그를 따라 접객실로 갔다. 세 사람은 그곳에서 자리를 정해 앉았다. 장례 도우미가 음식을 챙겨와 테이블에 내려놓았다. 점심을 먹기에는 이른 시간이었다. 세 사람 앞에 캔맥주가 놓였으나 그 혼자만 뚜껑을 땄다.

그는 대전에서 활동하고 있으며 KTX를 타고 올라왔다고 했다. 친구분의 안부를 물었다. 건강이 좋지 않아서 같이 오지 못했다고 했다. 걱정할 정도는 아니에요. 그가 우리를 둘러보며 말했다. 수채화 동호회는 회원 수도 줄고 사람도 바뀌었지만 지금도 해마다 회원전을 연다고 했다.

그와 묵은 이야기를 나누었다. 옛 화실 동료들의 소식도 들었다. 그도 지속해서 연락하고 지내는 이는 드문 듯했다. 하지만 아무개가 뉴질랜드로 이민 갔고 또 아무개는 어떻게 산다는 내막은 대충 알고 있었다.

"파리로 유학 갔던 오정순 씨 기억하세요?"

그 여자가 궁금한 옛 동료라도 되는 듯 내가 물었다. 두 사람의 시선이 내게로 향했다.

"아, 오혜린 관장 말씀이세요?"

그의 입에서 자연스럽게 그 이름이 흘러나왔다.

"본래 이름이 오정순 아니었나요?"

"그랬던가요? 그랬던 것 같긴 하네요."

개명했을 거라고 그가 말했다. 그녀가 서촌에 갤러리를 열었다는 소식도 알고 있었다. 동호회 회원인 친구가 그곳에서 전시하려 접촉한 적이 있던 모양이었다. 남들이 부르는 이름을 따라하다 보니 본래 이름은 잊게 되더라고 했다. 재력가 남편에다 꽤 수완이 좋다는 소문도 전해주었다.

나는 그에게 오혜린이 파리로 떠나기 전 환송 파티를 기억하는지 물었다.

"환송 파티요? 그런 파티를 했었나요?"

나는 일식집부터 노래방까지 그에게 대강 말했다. 말을 하는데 머릿속에서 새로운 장면들이 지나갔다. 노래방이 파할 즈음 동료들이 오혜린에게 선물을 건네기 시작한다. 화실에서 먼저 준 이들도 있다. 선물을 준비하지 못한 내가 팔찌를 푼다. 또 하나의 장면이 지나갔다. 내가 화장실에서 손을 씻고 있다. 팔찌에 비눗물이 묻는다. 옆에는 오혜린이 거울을 보며 매무새를 다듬고 있다. 나는 약간 술기운이 있다. 내가 팔찌를 푼다. 오혜린이 차보겠다고 한다. 상상한 데이터는 꼭 그런 일이 있었던 것처럼 앙큼하게 장면들을 만들어냈다.

"다만 제가 기억하는 건 팔찌예요."

그가 말을 계속했다.

"두 분이 너무나 닮은 팔찌를 차고 있었다는 거요."

몸이 으스스 떨렸다. 진영의 눈도 한껏 커졌다. 그게 동시였는지 시차가 있었는지는 정확히 모르겠다고 했다. 그가 기억하는 건 여자들이란 별걸 다 부러워하는구나 생각했다는 것이었다.

"몰랐나요? 오혜린 관장이 이정선 씨 무척 부러워했다는 거."

"무엇을요?"

"글쎄요. 이정선 씨가 가진 모든 것 아니었을까요?"

장례 도우미가 식사를 원하시면 말씀하시라고 다시 한번 말했다. 편육과 마른안주 접시에만 손을 댔을 뿐 우리 테이블에 차려진 음식은 거의 그대로였다. 세 사람은 손사래를 쳤다.

*

진영이 외출한 김에 화실에 가자고 했다. 우리는 김옥환 화백을 잠시 추억했으나 장례식장에서 오십 미터도 안 가 일상적인 이야기로 돌아왔다. 수강생 지도에다 전시까지 준비하느라 진영의 일정은 빡빡했다. 차나 한잔 마시고 올 생각이었다. 오혜린에 관해서는 둘 다 입을 다물었다.

진영의 투싼이 화실 부근에 이르렀다. 나는 농담처럼 진영에게 물었다.

"너는 어째서 보호자처럼 나를 돕니?"

말하자면 고마움을 그런 방식으로 표현했다. 진영이 당황하며 진지하게 말을 받았다.

"설명하자면 밤이라도 새워야 할걸. 근데 이유를 꼭 한 가지로 국한할 수 있을까?"

진영은 우선 이유를 대자면 이런 것이라고 했다. 집안에서는 나의 아버지를 오해한 데 대한 미안함이 있다. 그건 진영도 마찬가지였다. 게다가 진영의 집은 나의 아버지에게 경제적으로도 적지 않은 도움을 받았다. 진영의 엄마가 아버지에게는 친남매 같은 사촌이었으니까.

"알다시피 내가 대학 때 우리 집 사업이 엉망이었잖아."

심지어 그때 선뜻 등록금을 내준 게 나의 부모였다고 했다. 처음 듣는 이야기였다.

"언니도 알고 있는 줄 알았네."

그렇게 도움을 받았지만 내 아버지를 가장 열심히 욕한 게 자기 부모라고 했다. 진영은 말을 계속했다. 자꾸 몰리다 보니 잘

나가는 친척에게 배알이 꼬인 거지. 나중에는 세상 사람 누구보다 앞장서 돌을 던지기도 했으니까. 진영이 한숨을 쉬었다. 고위 공직자였던 내 아버지가 독직 사건에 연루된 일을 말했다. 결국 무고로 밝혀졌으나 세상은 그 사실에는 침묵했다.

진영은 제 부모가 가엾다고 했다. 못난 모습 때문에. 왜 안 그렇겠니. 내가 말했다. 진영은 그 시절을 생각하면 오물통에 빠진 기분이라고, 그래서 미친 듯이 그림을 그렸다고 했다.

"그게 전부라면 무척 서운한데."

"한 가지 이유라고 했잖아."

"그럼 또 다른 이유라도 있다는 거니?"

내 질문에 진영이 제법 긴 대답을 했다. 팔찌에 관한 것이었다. 평창동 집에 놀러 온 진영은 팔찌가 예뻐서 한 번만 차보려고 했다. 아니 그보다는, 팔찌가 제 것이기를 바랐으므로 소매에 감추고 집으로 가버렸다. 언니를 좋아하는데 그것을 준 이에게는 자기도 어쩔 수 없는 감정이 있었으니까. 불지옥을 헤매다가 어느 날 화실로 찾아갔다. 언니는 못 만나고 김옥환 화백 혼자 있기에 전해달라 부탁했다. 어떤 경로로 오 관장에게 갔는지는 자기도 모르겠다고 했다.

진영도 몇 가지 추론을 해본 모양이었다. 그것을 말하려고 입술을 움직였다. 그녀의 핏기 가신 손이 눈에 들어왔다. 핸들을 움켜잡고 있었다. 조수석에 앉아 있던 내가 진영의 한쪽 팔을 툭 쳤다. 나는 좀 엉뚱한 말을 했다.

"근데 오정순도 예쁜 이름 아냐?"

진영이 대답했다.

"그러게. 고전적이라고 할까."

우리 둘 다 그저 투싼의 앞 유리 너머를 바라보았다. 대화가 오가는 내내 그랬듯이.

디드로의 가운

세오가 미란의 집을 처음 찾았을 때 미란은 매우 놀란 표정을 지었다. 세오의 방문이 예고된 것이기는 했지만 그 순간 끼얹듯 밀려드는 당혹감까지 어쩔 수는 없었다. 어쨌거나 세오는 현관에서 주춤거리는 미란을 스쳐 지나 신발을 벗었고 미란은 고개를 갸웃하며 뒤따라 현관턱을 올라섰다. 세오에게서 풍기는 옅은 향은 틀림없이 페로몬 향수 냄새였다.

세오는 가져온 공구함을 들고 현관 옆의 방으로 들어갔다. 방은 발코니를 튼 구조였고, 세오는 제집처럼 익숙하게 방을 가로질러가 공구함에서 펜치를 꺼냈다. 세오는 버티컬을 이모저모 살폈다. 그런 뒤 창틀에 올라가 레일에서 뭔가를 만졌다. 펜치는 별다른 쓰임새 없이 세오의 오른손에 붙들린 채 움찔거렸다. 미란의 아파트는 십오 층이었다. 문턱 쪽에서 세오를 지켜보던 미란이 조심해요, 라고 날카롭게 외쳤다. 외부 창이 닫혀 있었음에도 미란은 발목이 시큰했다. 세오의 기다란 키 때문에 더 불안한 것 같았다. 세오는 괜찮다고, 자기에게 고소공포증 따윈 없으며 이제 다 되었다고 말했다. 말을 하고 나서는 공연히 허허 웃었다. 세오가 방바닥에 내려서 쌍으로 된 손잡이줄 하나를 당기자 움직이지 않던 날개들이 일제히 세오가 있는 쪽으로 끌려왔다. 또 하나를 당기자 부드럽지는 않았지만 다시 반대쪽으로 몰려갔다. 세오는 몇 차례 같은 동작을 반복해서 제대로 작동하는지 확인했다.

"왜 그런 거죠?" 미란이 물었다.

"레일 부품이 뭉쳐 있었네요. 아마 설치한 지 오래돼서 그럴 겁니다." 세오가 대답했다. 똑같은 일이 벌어지면 그때는 교체해야 할 거라고 덧붙였다.

미란은 음료를 대접하겠다고 했고 세오에게는 사양할 이유가 없었다. 세오는 미란이 안내하는 대로 거실로 갔다. 세오는 소파 옆에 서서 잠깐 망설이는 기색을 보였다. 그러고는 미란이 허락한다면 식탁 의자에 앉겠다고, 허리가 긴 때문인지 그편을 좋아한다고 말했다. 미란이 편할 대로 하시라고 했다.

세오는 공구함을 소파 옆에 내려놓았다. 문득 굉음을 울리고 기차가 지나갔다. 기차는 남쪽으로 순식간에 사라졌고, 열려 있는 발코니 창 너머로 저녁 해와 평행한 전철 역사의 파란 지붕이 그의 눈에 들어왔다. 역은 수도권 전철 일호선이 거쳐 갔고 이 도시의 다른 세 개 역과 마찬가지로 경부선 철로를 사용했다. 세오는 기차가 들렀다 갈 중부지방의 한 도시가 불현듯 떠올랐다. 삼 년 전 헤어진 아내와 고등학생이 되었을 딸아이의 얼굴도 스쳐갔다. 삼 년 전까지만 해도 세오는 그들과 함께 그 도시에서 살았다. 전처와는 이따금 연락하며 지냈지만 쿨한 관계여서 그런 것은 아니었다. 전처는 그가 '갚아야 할 것'이 있다고 주장했다.

세오는 4인용 식탁에 한쪽 팔을 걸치고 의자에 걸터앉았다. 미란이 오미자차를 마시겠냐고 그에게 물었다. 지난가을 담근 오미자청이 맛있게 숙성되었다고 했다. 세오가 좋다고 대답했다. 찻물을 올리려 돌아서던 미란이 중요한 말을 빠뜨렸다는 듯 그를 보며 다시 물었다.

"어떻게 그걸 기억하셨죠? 고맙게도."

미란은 언젠가 움직이지 않는 버티컬에 대해 세오에게 말한 적이 있었다. 집에서 바라보이는 주변 산들의 봄빛에 대해 말하고, 계절의 변화를 실감하기 힘든 그 방에 대해 말했다. 그 방이 그렇게 될 수밖에 없는 이유에 대해서도 말했다. 미란은 남편과 사별한 뒤 집 안에 있는 버티컬을 전부 닫고 지냈다. 한 해 한 해

지나면서 거실 발코니부터 다시 열었고 세 해가 흘러간 올봄에는 현관방을 열 차례였다. 하지만 그것은 어딘가에 막혀 꼼짝하지 않았다. 자신이 손보려 했으나 어디가 어떻게 잘못됐는지 그녀로선 감감했다. 그러자 당장 해결해야 할 일은 아니라는 생각이 들었다. 남편이 떠난 뒤 그녀는 무슨 일이든 서둘러 처리하려 들지 않았다.

"제게도 일찍 혼자되신 고모님이 계시거든요." 세오가 대답했다. "그래서 제가 한번 살펴봐드려야겠다고 마음먹었죠. 실례가 안 된다면 말입니다."

세오는 오전에 전화해보길 잘했다고 생각했다. 전화기 너머로도 당황한 기색이 역력했고 그의 방문이 싫은지 좋은지 선뜻 대답하지 못했지만 미란은 최종적으로 '좋다'고 말했다. 뭔가 상념들이 들러붙은 작고 신중한 소리였지만 내키지 않거나 그를 경계해서 그런 것 같지는 않았다. 그가 주말을 이용해 고장난 것을 고쳐준다면 그처럼 고마운 일이 또 있겠냐고 했다.

"사소한 것 같지만." 세오는 마저 말했다. "사소한 것 같지만, 그건 여자들에게 익숙지 않은 일이고, 손에 서툰 일은 누구든 하기가 쉽지 않죠." 세오는 물리적인 힘이 필요하거나 이번처럼 난감한 일이 생기면 자기를 불러달라고 했다. 기꺼이 달려와 돕겠다고 했다.

세오는 그런 중에도 집 안을 훑었고 전체적으로 오래되어 낡았다는 인상을 받았다. 식탁만 해도 한물간 타원형 마호가니 제품이었다. 돌아가시기 전 세오의 부친은 인테리어 사업을 했고 그 영향인지 세오도 어떤 공간이든 구조와 꾸밈새, 재질 따위를 살폈다.

어느새 미란이 그의 앞에 오미자차가 담긴 유리 찻잔을 내려놓았다. 선홍색 찻물 위에 잣 알맹이 대여섯 개가 중심에 다붙은 채 떠 있었다. 식탁 맞은편에 미란의 찻잔이 놓였다.

그들이 식탁에 마주 앉아 있는 동안에도 기차가 지나갔다. 다소 과장된 감사 인사와 겸손의 말들이 오갔을 뿐이지만 그들은 기차의 굉음을 의식하지 못했다. 세오의 목소리도 화제에 올랐다. 그의 목소리는 낮고 적당히 굵고 부드러웠다. 발음을 조금만 다듬는다면 아나운서를 해도 좋았으리라고 미란이 말하자 세오는 젊은 시절, 특히 신촌에서 대학을 다닐 때 종종 듣던 소리라며 기뻐했다. 문득 미란의 시선이 거실 발코니 너머로 향했다. 저녁 해가 스카이라인을 넘어간 듯했다. 선로의 소음이 비로소 그녀의 귀에 들어왔다.

미란은 자리에서 일어나 거실 쪽으로 걸어갔다. 세오의 시선이 어딘지 애타는 빛과 조바심을 담고 그녀의 뒤를 따라갔다. 미란은 발코니 부근에서 멈춰 섰다. 이제 막 6월이었다. 창밖은 해가 지고도 아직 말짱한 낮이었다. 그녀는 그 사실에 안도했지만 동시에 까닭 모를 실망감을 느꼈다.

세오는 시내의 인테리어 재료 상가에 들렀다. 두어 시간 빌렸던 공구함을 타일가게에 돌려주었다. 부친의 거래처이던 타일가게는 대를 이어 아들이 운영하고 있었다. 그의 이름은 종수였다. 세오보다 한 살 아래였지만 자랄 때부터 가까웠던 터라 삼 년 전 그가 이 도시로 돌아온 뒤에도 연락하며 지냈다. 자체 개발한 친환경 타일이 수요자가 늘어 가게는 꾸준히 상승 중이었다. 수요자 하나가 긴급히 견적을 요청해 종수는 주말에도 근무 시간을 넘겨 가게를 지키고 있었다.

"안 돌려줘도 된다니까. 작업용은 따로 있다고."

종수가 공구함을 흘깃 보고는 노트북에 코를 박으며 말했다.

"필요하면 그때 가서 또 빌리지 뭐."

세오가 대답했다. 삼 년 동안 공구함이 필요했던 건 이번 한 번뿐이었다. 미란의 집 버티컬만 아니라면 그마저도 쓸 일이 없었을 터였다. 그는 오전의 통화가 떠올랐다. 미란이 방문을 거절할까 조마조마하던 기분까지. 그와 함께 아쉬움이 그의 가슴을 훑고 지나갔다. 현관문을 나설 때 주춤거렸지만 미란은 끝내 붙잡지 않았다. 다음 주에 밥을 사겠다는 말만 반복할 뿐이었다.

종수가 다 끝나간다며 조금만 기다리라고 했다. 세오는 손님용 소파에 앉았다. 견적 뽑기에 골똘한 종수는 근사해 보였다. 머리 뒤로 후광까지 본 것 같았다. 전문대를 졸업하고 타일가게에서 일을 배울 때만 해도 앞날이 빤해 보이더니 저 광배는 어느 세월에 생긴 것일까. 울보 같은 미련이 또다시 세오를 자극했다. 인테리어 쪽이라면 자기도 가능성이 있을 듯했다. 부친에게 어깨너머로 배운 바가 있으니까. 그가 중부지방의 도시에서 대학입시학원을 말아먹고 아내와도 이혼하고 이 도시로 돌아와 프랜차이즈 입시학원의 카운슬러로 일하는 동안 무시로 들락거리던 생각이었다. 게다가 학원 수강생은 줄고 있었고, 해가 지날수록, 그러니까 지루했다.

올봄은 그 혼란의 정점이었다. 그런 하루 세오는 오전 반차 휴가를 내고 시내에 나갔다. 신사업 구상이 그의 숨통을 틔워주었다. 종수는 외근을 나가 가게에 없었다. 세오는 인테리어 상가를 죽 둘러보고 시내 중심가로 발길을 돌렸다. 사업에 굳건했던 부친이 떠올랐고 부친의 옛 사무실에 가보고 싶었다. 중심가까지는 그의 걸음으로 십오 분쯤 거리였다. 그는 걸으면서 부친과 자신의 차이점에 대해 생각했다. 화두를 붙잡듯 진지하게 그리고 집중해서.

화두는 오래가지 못했다. 어쩐지 억울한 기분과 함께 전처에게로 생각이 옮겨갔다. 세오가 친절하고 대화가 잘 통해서 좋다고 했던 그 시청 공무원은 똑같은 이유로 그를 자기 인생에서 떨어냈다. 세오가 사업에서도 친절과 부드러움을 발휘한다고, 그래서는 안 될 일에까지 발휘해서 마이너스의 지옥을 자초한다고 비난했다. 제발 변환 스위치를 장착하라고 노래 불렀다.

세오는 부친의 사무실이 있던 건물 앞에서 잠시 서성거렸다. 사무실이 수입 주류 전문점으로 바뀌어 있었음에도 곧바로 떠날 수가 없었다. 옆 건물 일 층은 지금도 옷가게였다. 부친의 사무실과 옷가게는 친척처럼 오가곤 했다. 오전 시간이라 그런지 가게는 한산했다. 여성 봄 정장과 원피스를 입은 마네킹 세 개가 창가에 서서 멀리 어딘가에 눈을 두고 있었다. 옷가게에서 어떤 여자가 나와 마네킹을 이쪽저쪽 각도에서 살피다가 그에게로 시선을 돌렸다. 여자의 눈이 커졌다. "혹시 인테리어댁 아드님?" 세오도 여자를 알아보았다. 그가 이 도시를 떠나기 전에도 여자는 이 옷가게에서 일했다. 옛 기억이 되살아나기 시작했다. 당시 여자의 남편은 은행원이었고 아직 아이가 없었다. 그들 모두 삶에 숨겨진 허방들을 제대로 알지 못하던 시절이었다. "보시다피, 그때처럼 언니의 가게를 돕고 있죠." 여자가 웃으며 말했다. "여전히 아이도 없고요."

여자가 가게 안으로 세오를 데려갔다. 막 내린 커피를 두 잔

따라 한 잔은 세오에게 주었다. 옛 이웃은 세오에게 시간을 거슬러 올라가 옛 자리로 돌아간 느낌을 주었다. 며칠 뒤에는 다시 찾아와 언니와 인사를 나누었고 이후 예전만큼은 아니어도 친숙한 관계를 회복했다. 그 여자가 미란이었다. 그들은 각자 배우자 없이 살아가고 있다는 것도 알게 되었다. 미란의 남편에게 지병이 있었고 세오가 전처와 이혼 문제로 다투고 있을 때 그녀 곁을 떠났다는 것도. 세오가 가족과 헤어져 혼자서 이 도시로 돌아왔다는 것도.

"말하자면 '원웨이 티켓'을 끊은 셈이죠."

"네?"

"아, 제 큰형님이 좋아하던 팝송 중에 그런 것이 있었습니다."

그들은 세월의 잔인함과 자비심에 공감했다. 어쨌거나 오륙 년 전만 해도 거칠 게 없었고 실패할지언정 주저하지 않았다고 세오가 말했다. 그때는 미란도 희망이란 걸 품고 살았다고 했다. 남편의 지병이 알려지기 전이었고 그들 부부는 아이를 가질 수 있으리라 믿었으니까.

종수가 입술을 뾰족 세우더니 고개를 끄덕였다. 다 돼가는 모양이었다. 종수의 모습을 보고 있노라니 세오의 머릿속에 낡은 느낌을 주던 미란의 아파트가 스쳐갔다. 조금 손보고 가구 몇 개만 바꿔도 집 안이 확 달라질 텐데. 미란은 어째서 그 점을 깨닫지 못하는 걸까. 제집이라면 진즉 고쳤을 터였다. 그가 사는 집은 신시가지 외곽에 있는 원룸이었다. 월세로 얻은 집이라 손댈 처지가 못 되었다. 그가 일하는 입시학원이 구십년대 조성된 신시가지에 있었다.

이윽고 종수가 탁 소리가 나게 노트북을 닫았다. 그가 술이나 한잔하자고 했다. 세오는 그의 일이 끝나기만을 기다렸을 뿐이었다. 이 도시로 돌아온 뒤 술자리는커녕 동창들의 모임에도 나가지 않았다. "새삼스럽게 술은." 세오가 말했다. 종수가 가벼운 한숨으로 대꾸했다. 세오는 그날따라 원룸에 괴었을 어둠이 거대한 동공처럼 느껴졌지만 아무렇지 않은 척 소파에서 일어났다.

미란은 비 오는 거리를 내다보고 있었다. 가게 앞의 벚나무 가로수가 수묵담채화처럼 운치 있었다. 비가 스며 검게 짙어진 줄기 위로 연초록 잎들이 선명했다. 처음 언니의 가게에서 일하기 시작했을 때도 그 자리에 있던 나무였다. 구청에서 해 걸러 가지를 쳐내 크기가 늘 일정했다. 뿌리가 엄청나겠지. 거리를 내다보노라면 가끔 가로수의 뿌리가 궁금했다. 곧 언니가 가게에 나올 시간이었다. 언니는 정오에 출근해서 밤 아홉 시 문을 닫을 때까지 가게를 보았다.

세오가 휴대전화를 걸어왔다. 아무래도 점심 약속을 지키기가 어렵겠다고 했다. 원장이 부탁한 재수생의 상담이 길어지고 있기 때문이라고 했다. 주말의 일은 오미자차로 충분했다고 그가 덧붙였다. 그런 일로 수요일 점심이 어렵다면 다른 날에는 또 다른 일이 생길지도 몰랐다. 미란은 그런 방식이 개운하지 않았다. 갚을 건 갚아야 한다는 게 그녀의 신조였다. 갚아야 할 것을 미루다 애초의 생각이 묽어지는 것, 그녀는 그런 것을 몹시 싫어했다. 미란은 저녁 식사로 약속을 바꿨다. 그러자 세오가 기다렸다는 듯 장소를 제시했다. 미란의 집에서 산책 거리에 있는 예술공원이었다. 하긴 공원 안에도 식당이 있었다.

일기예보대로 비는 오후부터 그쳤고 구름 사이로 해가 들락거렸다. 미란은 여섯 시에 예술공원 앞에 도착했다. 얼마 안 돼 세오가 나타났다. 그들은 공원 안으로 걸음을 옮겼다. 비에 씻긴 예술공원은 싱그럽고 차분했다. 공원을 관통하는 계곡에선 물소리의 기세가 당당했다. 세오가 이 도시를 떠날 때만 해도 유원지라 불렸는데 돌아와 보니 예술공원으로 변해 있었다. 그들은 공원의 변모를 화제로 이야기를 나누었다. 이름의 근거를 대듯 곳곳에 조형물이 설치되어 있었다.

세오가 미란보다 두세 발짝 앞서갔다. 남편이 떠난 뒤로는 처음 와본다고 미란이 말했다. 세오도 말만 들었을 뿐 이제야 바뀐 모습을 본다고 했다. 그들은 거리를 그대로 유지한 채 각자 산책

하는 것처럼 걸었다. 세오를 보면 미란은 남편이 떠올랐다. 세오는 큰 키에 뿔테 안경을 끼었고 배우 한석규처럼 온화한 인상을 풍겼다. 그의 목소리는 그런 모습에 잘 어울렸다. 남편의 목소리도 그랬다. 누구든 안정시키는 힘이 있어 모두에게 호감을 주던 목소리였다. 시간이 지나면서 점점 달아나던 기억이 세오로 해서 되살아났다. 심지어 세오는 남편이 즐겨 입던 네이비블루 셔츠를 볼 때마다 입고 있었다. 가엾은 사람. 미란은 속으로 남편의 안식을 빌었다.

그들은 계곡을 가로지르는 다리 앞에서 걸음을 멈췄다. 건너편 경사지에 흰색 톤의 건물 몇 채가 늘어서 있었다. 계곡 언덕에 흐드러진 제철 장미가 건물을 도드라지게 했다. 나라별 혹은 특화된 음식을 내세운 식당가였다. 미란은 정갈한 한식당을 추천했다. 세오는 특화된 술안주에 식사까지 가능한 식당을 원했다. 세오를 위해 마련한 자리였으므로 미란은 세오의 의견을 따랐다. 다리를 건너면서 그녀는 계곡 쪽으로 서로를 몰며 장난치던 남편과의 한때를 생각했다.

세오는 독일식 훈제 족발을 안주로 슈무커 헤페바이젠을 마셨다. 서리 낀 날씬한 유리잔에 담긴 생맥주였고 삼백 시시 두 잔 정도였다. 미란도 세오만큼 마셨다. 세오는 술이 약한 편이라 취기가 빨리 올라왔다. 덩달아 말이 좀 많아졌다. 그동안 옷가게에서 하지 못했던 이야기가 술술 흘러나왔다. 신촌에서 보낸 대학 시절이 얼마나 빛났는지, 그로부터 얼마나 멀리 왔는지 말했다. 창의적인 아이디어가 넘치지만 현실과 어긋나기만 해온 자기의 처지에 대해, 그리고 변환 스위치를 갖지 못한 건 자기 잘못이 아닐지 모른다고, 그건 선천적으로 결여된 기능일지 모른다고 털어놓았다. 세오는 한숨을 쉬고 나서 말을 이었다.

"뭐, 이런 인생이 다 있습니까?"

아내와 헤어지고 나서 그가 줄곧 해오던 생각이었다. 미란의 눈빛이 흔들렸고 세오는 그 순간을 놓치지 않았다. 미란은 후덕해 보였다. 통통한 뺨과 부푼 듯 쌍꺼풀진 동그란 눈매가 그에게 서랍 깊숙이 있던 것들을 끄집어내게 했다. 세오는 다시 한숨을 내쉬었다.

"참, 인생이 원하지 않던 방향으로 흘러가더군요."

미란이 테이블에 엎어진 그의 길쭉한 손에 자기의 두 손을 포갰다.

"들려줘서 고마워요. 불운을 고백하기란 쉬운 일이 아니죠."

그들이 앉은 곳은 창가 자리였다. 미란의 아련한 시선이 계곡 건너 줄지어 선 오래된 느티나무로 향했다. 물기 배어 짙어진 줄기와 연초록 잎들이 저녁 어스름 속에서 고즈넉했다.

세오는 미란에게 매일 전화를 걸었다. 미란도 거절하지 않았다. 세오는 색색의 장미를 사진 찍어 미란의 휴대전화에 보냈고, 비가 내리면 목소리를 내리깔고 감상적인 안부를 녹음해서 역시 휴대전화로 전송했다. 한번은 예술공원을 걷다가 미란의 집에서 차를 마시기도 했다. 그녀가 먼저 집으로 올라가고 나서 오 분쯤 지나 공동현관에서 인터폰을 눌렀다. 그녀가 그렇게 하라고 했다. 현관방의 버티컬이 그가 손본 대로 한쪽에 늘어져 있었다.

그러는 동안 세오는 수시로 미란의 집을 다시 꾸몄다. 머릿속에서 공사를 벌였다. 원룸에 누워 있거나 학원에서 상담이 빌 때면 으레 생각이 그쪽으로 옮겨갔다. 서른세 평 아파트는 모던한 흑백 톤에서 자연스러운 원목 자재로 탈바꿈했고, 미니멀하게 꾸며 실내를 한껏 넓어 보이게 했다가 거실을 서재나 영화관처럼 만들기도 했다. 콘셉트는 무궁무진했다. 어쨌든 그가 매번 다 다르는 결론은 미란의 집이 달라져야 한다는 것이었다.

세오는 생각만으로도 즐거워서 허허 웃었다. 그동안 그는 미세먼지 가득한 뿌연 대기 속에 홀로 버려진 기분이었다. 그는 그런 자신에게 연민을 느꼈다. 그의 감상주의가 시도 때도 없이 소년 시절의 기분으로 몰아갔고 그러면 터무니없이 비장해져 자신의 처지에 유치한 낭만을 덧씌웠다. 이미 오십이 가까워진 남자라는 것을 잊었다. 세오는 미세먼지를 날려 보내고 인생을 새로

포맷하고 싶었다. 미란이라면, 어쩌면 가능할 것 같았다. 그리고 가능성에 다가가기 위해서는 첫 관문부터 통과해야 했다. 가장 먼저 그녀에게 변화해야 한다는 사실을 알려야 했다.

그날도 세오는 근무하는 내내 메시지를 어떻게 전할지 궁리했다. 전했을 때 미란이 보일 반응을 상상했다. 당신 집 안을 채운 사물들이 낡았다고 대놓고 지적할 수는 없었다. 그는 퇴근 후 타일가게로 종수를 찾아갔다. 이를테면 타일을 새것으로 바꾸도록 유도하는 기술 같은 건 없는지 묻고 싶었다. 점잖은 표현을 찾느라 우물쭈물하는 사이 종수가 그에게 물었다.

"형, 혹시 디드론가 뭔가 하는 사람 알아?"

"프랑스 철학자 디드로?"

"국적을 보니 맞는 거 같네."

"갑자기 디드로는 왜?"

세오가 눈을 크게 뜨고 되물었다.

종수의 말인즉슨 이러했다. 낮에 거래처 인테리어 사장을 만났는데 그가 디드로의 이야기를 들려주었다. 골자만 말하자면, 그 디드로가 친구한테서 진홍빛 가운을 선물 받았는데, 선물 받은 새 가운과 자신의 낡은 물건들이 어울리지 않자 책상과 의자, 벽걸이 따위를 바꿔나갔고 마침내 집 안의 인테리어 전체를 바꿨다. 그 탓에 그 작자는 큰돈을 써버려 나중에 후회했다…….

"하지만 인테리어 사업하는 사람에겐 요긴한 힌트라는 거야."
종수가 꽤 그럴듯하지? 하는 얼굴로 세오를 바라보았다.
"그러게, 나도 읽은 적이 있는 일화네."
세오는 급격히 밝아진 표정으로 맞장구쳤다. 종수를 찾아온 보람이 있었다.

종수가 붙잡을 새도 없이 세오는 그곳을 박차고 나왔다. 그가 간 곳은 인근의 백화점이었다. 주저와 용기가 오락가락했지만 결국 그는 나이트가운 코너에 갔다. 나이트가운 코너라면 그가 휴대전화에 전처를 '허니'라 저장해놓던 시절에 선물을 사러 가본 적이 있었다. 세오는 그곳에서 미란의 것을 골랐다. 더워지는 날씨를 감안하라는 판매원의 권유를 받아들였다. 가슴골이 아찔하게 파이고 제법 비칠 게 틀림없고 허벅지에서 길이가 멈추는 선명한 진홍빛 가운이었다.

그즈음 미란이 주말에 세오를 집으로 초대했다. 정식 초대여서 세오는 설레고 뿌듯했다. 미란이 준비한 음식은 연어 스테이크와 칠리새우였다. 요리하는 동안 미란은 장을 보면서 느꼈던 예상치 못한 즐거움을 상기했다. 그런 감정은 정말 오랜만이었다. 냉장고에는 잘 익은 딸기와 무스케이크도 준비되어 있었다. 세오는 특히 칠리새우가 입에 잘 맞아 그녀의 솜씨를 칭찬했다.

첫 잔이 비자 미란이 다시 삼분의 일을 채웠다. 상큼한 로제 와인이었다.

"술을 마시기 시작한 건 삼 년 전부터예요." 미란이 말했다.

그녀는 한 방울도 못 마셨는데 이렇게 느는 걸 보면 체질도 고정된 건 아닌 것 같다고 했다. 세오가 고개를 끄덕였다. 그건 세오도 마찬가지였다. 술을 마셔온 햇수까지 비슷했다.

기차가 굉음을 울리고 지나갔다. 세오는 고개를 돌려 거실 너머를 쳐다보았다. 그는 늘 그렇듯 거실을 등지고 식탁 앞에 앉아 있었다. 해가 졌고 머잖아 어둠이 내릴 터였다. 그는 뭔가를 기대했다. 어둠이 내린 뒤에도 이 집에 남아 있기를. 그리고 식탁 벽 쪽을 차지한 루비레드 장미 다발과 그것을 담고 있는 달항아리 진사 화병이 어째서 이 자리에 있는지 말해야 했다. 그가 초대 선물로 들고 온 것들이었다. 그는 진홍빛 가운을 백화점에 돌려주고 진사 화병으로 교체했다. 아무리 생각해도 하르르 주저앉는, 한 줌도 안 되는 그것이 제 역할을 해낼지 미심쩍었다.

미란이 남아 있는 칠리새우를 전자레인지에 데웠다. 맞은편 미란의 자리가 비자 주방이 세오의 한눈에 들어왔다. 조리 기구며 구형 가스레인지에 올라앉은 도자기 냄비 모두 투박해 보였다. 유약을 입힌 진사 화병과 루비레드 장미는 낡고 유행 지난 살림 속에서 확실히 산뜻했다. 미란이 그 점을 알아채야 하는데.

그녀는 진사 화병에 루비 빛의 장미꽃을 꽂아 식탁에 놓으면서도 고맙다는 인사만 했다.

미란이 제자리로 돌아왔다. 칠리새우가 담긴 새 접시에서 따듯한 기운이 올라왔다. 그들은 가볍게 잔을 부딪쳤다. 세오가 잔을 든 채 미란 씨는 르네상스 미인이라고 말했다. 장밋빛 피부와 통통한 볼, 살짝 풍만한 복부가 세오에게는 정말 그렇게 비쳤다. 미란이 생각에 잠긴 얼굴로 세오를 보았다. 머릿속에서 천 조각을 휘감은 그림 속의 살집 좋은 여자들이 지나갔다. 미란은 미인에 방점을 찍기로 했다. 세오가 조급증이 치오른 얼굴로 미란을 불렀다.

"난 미란 씨가 늘 감사해요. 감사할 뿐이에요."

엉뚱한 말이 튀어나왔지만 그건 진심이었다. 아내와 헤어지고 나서 세오는 형제들과도 연락을 끊다시피 했다. 부모는 진작 돌아갔고 형제들은 각자 그들의 숲을 이뤄 살고 있었다. 훼손된 숲은 서로 간에 안 보는 것이 속 편했다. 이 르네상스 미인을 빼고 이토록 밀접한 관계를 유지해온 사람은 근래 없었다. 미란은 너그러웠고 그가 어떤 사람이든 다 받아줄 것 같았다.

세오가 나중에 더 나이가 들면 제레미 아이언스처럼 멋진 모습이 될 거라고 미란이 말했다. 미란의 말이 세오에게 기쁨과 희망을 동시에 주었다. 나중이라니. 게다가 그토록 멋진 모습이라니. 마침내 본론이 등장할 타이밍이었다. 세오는 그가 어째서 붉은빛이 도는 진사 화병과 루비레드 장미를 선물로 골랐는지 말하려 했다.

그때 휴대전화가 선라이트 벨소리를 울렸다. 세오가 흘깃 미란을 쳐다보곤 휴대전화를 귀에 가져갔다. 미란은 눈을 내리깔고 와인을 홀짝였다. 그는 천천히 일어나 거실로 걸어가며 내일 통화하자고 말했다. 전처에게선 아침에도 전화가 왔다. 연거푸 전화를 거는 건 전에 없던 일이었다. 세오는 아침의 통화를 되짚었다. 전처가 남긴 마지막 말이 목에 걸린 가시처럼 불편했다.

"한 번쯤 당신의 양심을 보여주길 바라."

이번에는 갚아야 할 것에 양심까지 동원했다. 삼 년 동안 꾸준히 갚았지만 대출금이 제로가 되려면 몇 해는 더 걸리리라고, 알다시피 그건 당신의 사업을 위해 빌린 돈이고, 그러니 당신이 책임을 피할 수는 없다고 그녀는 다시금 일깨웠다. 대출금은 공무원인 아내의 명의로 빌렸다. 세오는 이혼서류에 도장을 찍을 때 갚겠다고 약속했다. 그때는 그도 갚아야 한다는 데 동의했다.

그런데 어느 날 이런 의문이 들었다. 전처에게 그 돈을 꼭 갚아야 하는 걸까. 가족 공동을 위해 시도한 일이 어긋났을 뿐이었다. 충분하지는 않았지만 일정 부분 수익금도 지급했다. 무엇보다 일곱 살 어린 아내가 지적 혹은 정신적 성장을 이룬 데는 자신의 영향이 컸다. 절대적으로. 덕분에 발랄하지만 단순하던 아내가 지금처럼 단단한 여성이 된 것이다. 그건 아내도 인정하는 바였다. 그는 아내를 존중했고 폭력적이지도 권위적이지도 않았다. 잘못이 있다면 변환 스위치를 갖지 못했다는 것? 억울한 쪽은 오히려 그 자신이었다. 결국 아내와 아이에게서 떨려나고 말았으니까.

세오는 거실 끝에 서 있었다. 미란이 그곳으로 왔다. 지인에게서 온 전화라고 세오가 말했다. 사업이 잘 풀리지 않는데 설상가상 그 일이 빌미가 돼 아내와도 헤어지게 되었다고 했다. 세오는 지인 부부의 결혼생활과 이제 그것을 접을 수밖에 없게 된 과정을 요점만 추려 설명했다.

"동병상련이라고, 신경이 쓰이시겠군요." 미란이 걱정 실린 목소리로 말했다.

"그렇죠. 한때는 형제처럼 지냈으니까." 세오가 말을 이었다. "그들은 빚으로 남겨진 금전 문제에 대해서도 서로 의견이 달랐어요."

미란은 그가 지인의 주장을 옹호한다고 느꼈다. 그녀는 오래전 기억이 떠오르며 분노 비슷한 감정이 차올랐다. 아주 오래전 일이라 잊고 지내다가도 이런 이야기를 들으면 히스테리 발작처럼 흥분 상태에 휩싸였다. 그때의 곤궁과 곤혹스러움과 대학을 중도에 그만둬야 했던 아리아리한 기분까지 꿰져나왔다. 부친은 빚보증을 섰고 갚지 않으려는 상대의 꼼수에 나가떨어졌다. 미란은 약간 노기 띤 목소리로 그의 말을 챘다.

"그건 궤변 아닌가요. 빚은 지인이라는 분이 정리해야죠, 자기 빚이니까요."

미란의 말투가 단호해서 세오는 반론을 제기하지 못했다. 게다가 그때 기차가 굉음을 울리며 역을 통과했다. 어둠이 내려앉기 시작한 역사의 파란 지붕이 세오의 눈에 들어왔다. 세오는 엄청난 속도와 소리가 남기고 간 여운이 얼떨떨해서 역사의 지붕만 쳐다보았다.

날마다 장맛비가 내렸다. 그들은 전처럼 자주 만나지는 않았다. 물론 잦은 비 때문만은 아니었다. 미란이 연락을 끊고 지내던 친구들을 다시 만나고 라인댄스를 배우러 다녔다.

반짝 볕이 든 어느 날 그들은 예술공원을 산책했다. 여전히 각자 산책 나온 사람들처럼 두세 발짝 간격을 두고 걸었다. 미란은 세오의 지인 부부에게 관심이 많았다. 그녀는 걸으면서 지인 부부의 이야기를 꺼냈다. 공원 식당가에서 저녁을 먹을 때는 아예 부추겼다. "제가 아는 한." 세오는 이렇게 전제한 뒤 제법 디테일까지 털어놓았다. 세오의 생각에는 지인이 변제를 끝냈기에 거리낄 게 없었다. 미란이 지인에게 부정적인 것이 께름칙했지만 지인은 결코 그런 사람이 아니었다.

차는 미란의 집에서 마셨다. 세오로선 정식 초대 이후 첫 방문이었다. 찻잔이 빌 때까지 해가 서쪽 하늘에서 미적거렸다. 모처럼 모습을 드러낸 것을 자랑하듯 노을만 한가득 퍼뜨렸다. 진사 화병은 거실 장식장에 옮겨져 있었다. 지난번보다 선명한 붉은 장미가 꽂혀 있었다. 세오가 또다시 선물한 것이었다. 화병과 거실 가재도구의 대비가 세오의 조바심을 부채질했다. 진홍색의 비밀이 애를 태웠다. 이 르네상스 미인은 집 안에서 볼 때면 꽤 섹시했다. 주방에 있을 때조차 포스가 풍겼다. 세오는 그것이 집주인다운 당당함이라는 것을 새삼스레 깨달았다.

세오는 결심한 듯 휴대전화에서 갤러리 앱을 열었다. 제 손으로 꾸민 아파트 내부 사진 수십 컷이 저장되어 있었다. 전처와 살던 집이었다. 세오는 그중 몇 컷을 확대해서 들여다보았다. 아쉬움은 남지만 어깨너머 배운 실력치곤 봐줄 만했다. 전처도 아마추어의 솜씨 같지 않다고 감탄했었다. 세오는 늘 앉던 식탁 자리 건너편으로 휴대전화를 디밀었다.

"제가 꾸며본 집이죠."

쿠션이나 벽지 톤이 블루 계열이었다. 그의 네이비블루 셔츠가 떠오르는 색이었다. 미란이 유심히 들여다보고 나서 입을 열었다. "모던하군요." 미란은 자리에서 일어나 자기 찻잔을 개수대로 가져갔다.

세오는 잠깐 아련한 느낌에 빠졌으나 정신을 가다듬었다. 옛집은 절반쯤은 은행이 주인이었고 이제 다른 이들이 살고 있었다. 어쨌거나 다 지나간 일이었다. 핵심은 미란의 집이었다. 그는 개수대에서 돌아서는 미란에게 이 집이 변화할 필요가 있다고 말했다.

"내 말 잘 들어요. 미란 씨는 자신이 얼마나 젊은 에너지로 넘치는지 알아야 해요."

그녀가 배우자로 해서 상복을 입은 적이 있다는 게 믿기지 않을 정도라고 했다. 이 집의 분위기는 그런 그녀에게 어울리지 않는다고 강조했다. 미란의 얼굴에 모호한 표정이 지나갔다. 아무래도 미란이 제대로 알아듣지 못한 것 같아서 세오는 목소리를 높였다.

"특히 침대와 식탁이 어울리지 않아요."

세오는 얼핏 본 안방의 침대가 식탁만큼이나 한물간 것이 떠올라 그렇게 말했다.

"그건 세오 씨가 상관할 바 아니에요."

미란이 대꾸했다. 어딘지 톡 쏘는 말투였다.

미란은 곧 냉정하게 들렸다면 미안하다고 사과했다. 하지만 집 안의 사물에도 정이 들게 마련이고, 누구든 추억이 깃든 물건을 바꾸는 데는 생각할 시간이 필요하다고 했다.

세오는 한 방 먹은 기분이었다. 이 르네상스 미인에게 이처럼 까칠한 면이 있으리라곤 미처 생각지 못했다. 세오가 다음 말을 준비하는데 미란의 목소리가 먼저 들려왔다.

"그리고, 그런 사진 막 보여주고 그러지 마요. 누군가에겐 만행이 될 수도 있어요."

"아!"

"세오 씨는 귀여운 감상주의자예요." 미란이 갑자기 빙긋 웃고 나서 말했다.

세오는 고개를 갸웃했다. 감상주의자라는 말이 살짝 거슬렸다. 그건 일차원적이라는 말과 다르지 않았다. "감상과 감성은 다른 것이고 난 감성적인 쪽이죠." 세오가 바로잡았다.

"그렇죠. 다른 말이죠." 미란이 입가에 옅은 미소를 띠고 말했다. "그렇다고 해두자고요."

미란이 잠깐 뜸을 들이고 나서 말을 계속했다. "지인 부부 얘기가 자꾸만 떠올라요. 이상할 정도예요." 미란은 옷가게에서 손님을 상대할 때도 문득 그들이 생각난다고 했다. "옷가게에는 이런저런 이들이 많이 오죠." 그녀는 이런저런 이들의 사례를 참고해서 결론을 내렸다고 했다. 그 빚은 전적으로 지인의 몫이므로 그가 갚아야 한다. 그리고 그가 전처에게 참회해야 한다고 했다. 적어도 삼 년을, 아니면 평생. 그렇지만 최소 삼 년은 기본적으로 해야 한다고 했다. 아내에게 그 기간만큼 빚과 고통을 주었으니까.

"지인에게도 쉽지 않은 시간이었어요." 세오는 낮게 한숨을 쉬었다.

세오는 미란이 은근히 고집이 있다고 느꼈다. 그렇다고 쟁점을 흐릴 수는 없었다. 그는 블렌딩 녹차를 한 모금 마시고 마침내 디드로의 일화를 말하기 시작했다. 자신이 뱉은 말이 파국을 부르리란 예감 속에서도 멈출 수 없었다. 그가 이야기를 마쳤을 때 미란이 말했다.

"재미있군요."

할인 행사를 겸한 박람회가 중부지방의 도시에서 열렸다. 건축과 가구, 인테리어를 망라하는 제법 큰 규모의 박람회였다. 종수가 세오에게 함께 가보자고 꼬드겼다. 종수의 목적은 친환경 타일 부스를 관람하는 것이었다. 전업을 꿈꾸는 세오에게도 도움이 되리라고 바람을 넣었다. 세오에게 그 도시는 전처와 딸이 사는 곳이었다. 마침 휴가철이었다. 종수의 말에도 솔깃했지만 미란의 주장이 속을 찌르는 구석이 있어 그는 전처를 한번 만나

보기로 했다. 딸아이가 보고 싶기도 했다.

세오는 종수의 자동차에 실려 그 도시에 갔다. 종수가 시내의 사거리 횡단보도 앞에 그를 내려주었다. 전처를 만나고 뒤따라 박람회장에 가기로 했다. 전처와 만나기로 한 찻집은 사거리에서 멀지 않았다. 약속 시간까지는 삼십 분쯤 여유가 있었다. 오전부터 해가 쨍쨍했다. 그는 사거리 부근을 조금 걸었다. 처음 주고받은 문자메시지에 비하면 약속은 순조롭게 이루어졌다. 문자메시지에서 세오는 감사할 뿐이라고, 당신에게 그저 감사할 뿐이라고 첫마디를 떼고 행사 소식을 알렸다. 그 기회에 만나기를 바란다고 용건을 적었다. 답신은 두 시간쯤 뒤에 왔다.

'당신은 절벽이야.'

이어서 세오가 절벽인 이유가 적혀 있었다. 세오가 미안하다고 말해야 할 때 고맙다고 하는 남자라는 것. 하지만 다음 메시지에서는 그가 굳이 그 도시에 온다면 피하지는 않겠다고 했다. 그러고 보면 전처는 갚아야 할 것이 있다고 주장하면서도 그를 적극적으로 만나려 들지는 않았다. 특정한 시기에 문자나 전화로만 날을 세웠을 뿐이었다. 해가 쨍쨍한 거리에 서서 세오는 그 점에 관해 생각했다. 왜 그랬는지 의문이 들었다.

전처와의 만남은 아이스커피의 얼음이 반쯤 녹는 동안만큼 이어졌다. 그가 약속 장소에 들어가 땀을 식히고 있을 때 그녀가 다가왔고 그의 앞자리에 앉았다. 아이에게는 알리지 않았다고 했다. 고등학생이 되면서 예민해진 아이에게 혼란까지 얹어줄 수는 없었다고 했다.

"무슨 말이 더 필요할까? 그냥 갚을 것을 갚으면 돼."

그녀가 말했다. 갚을 것에는 그들 사이에서 세오가 저버린 모든 것이 포함된다고 했다. 고의였든 아니든 결국 그렇게 돼버렸으니까. 돈은 그 최소한의 구체물일 뿐이라고 했다.

이혼을 결정하던 무렵 그들은 치열하게 싸웠다. 전처는 세오가 생업을 모험이자 놀이로 여긴다고 했다. 결과 따윈 개의치 않는 자기만족적인 행위니까. 그래서 늘 벌여놓고 지레 낙관해 대책 없이 확장한다고 했다. "당신도 알다시피, 끝맺음은 늘 최악이었지." 아내는 말했다. 물론 그건 그의 자유라고 했다. 하지만 결혼생활에는 책임이 따른다고, 개미 뿔 정도라도 책임감을 지녀야 한다고 강변했다. 세오는 그런 지적이 억울했다. 그가 일부러 그런 것은 아니었다.

전처에게는 그때의 사나운 기운이 사라지고 없었다. 세오가 남긴 빚이 달마다 고통을 준다고, 통장을 홀쭉하게 만들어 아이의 얼굴까지 그늘지게 한다고, 그건 그와의 결혼생활이 준 모든 기억을 압도한다고, 이제 그런 말도 하지 않았다. 다만 엄마가 편찮으시다고 그녀는 말했다. 6월에 신장암 수술을 받고 항암치료 중이라고 했다. 세오는 결혼하고 이 도시로 오던 날을 기억했다. 이 도시는 전처가 나고 자란 곳이었다. 외딸인 그녀는 홀어머니 곁을 지키고 싶어 했다. 그때 그는 아내의 마음을 이해했고 기꺼이 이 도시로 왔다.

"다행히 절망적인 상황은 넘겼어." 그녀가 차분하게 말했다.

전처가 먼저 자리를 떴다. 세오는 혼자 남아 전처가 남기고 간 말을 곱씹었다. "당신에게는 비약하는 습관이 있지." 그가 틈과 틈을 생략한 채 직진해서 오해를 불러일으킨다고 했다. 듣는 사람은 각자의 방식으로 틈을 메우게 마련이니까. 누구를 만나든 자신의 단점을 보완해야 할 거라고 했다.

세오는 길쭉한 두 손을 들어 안경을 추어올렸다. 그녀의 격조가 새삼 놀라움을 안겼다.

미란의 집은 비어 있었다. 세오는 아파트의 산책로 벤치에 앉아 십오 층을 헤아렸다. 십 층쯤 세었을 때 기차가 지나가며 굉음을 내질렀다. 그는 숫자를 놓치고 말았다. 곧이어 상행선 전철 소리가 들려왔다. 기차에 비하면 하염없고 처량한 소리였다.

미란이 옷가게에서 돌아올 시간은 벌써 지나 있었다. 오후에 전화했을 때 미란은 밝은 목소리로 그를 대했다. 옷가게 앞에서 처음 만났을 때처럼 그저 반갑다는 투였다. 손님을 응대하는 투같기도 했다. 그녀는 언니가 소식을 묻더라고, 시내에 나오면 가게에 들러 커피라도 한잔하고 가라고 했다.

"언니가 지치지 않고 장사를 할 수 있었던 건 인테리어 사장님 덕분이래요."

옛 이웃은 그들 자매에게 좋은 영향을 주었다고 했다. "성실함이니 꾸준함이니 그런 따분한 걸 말하려는 게 아니고요." 미란이 말을 이었다. "가게 앞의 벚나무처럼 뿌리내리는 법을 배웠다고 할까요." 그렇지 않으면 그날이 그날인 이 지겨운 노릇을 어떻게 견디겠냐고 했다.

"우린 아드님을 만나고 나서야 그 사실을 깨달았어요."

그가 알지 못하는 그녀만의 영역이 있었던 것일까. 미란과의 관계에서도 변환 스위치가 필요했던 것일까. 세오는 골똘히 허공을 쳐다보았다. 아버지의 사무실을 찾아가던 날 화두처럼 스쳐가던 생각이 떠올랐다. 아버지와 자신의 차이점도 그런 것이었던 걸까. 종수 머리 뒤의 광배 역시 뿌리내린 자의 증표 같은 것일지도 몰랐다.

세오는 애써 끊었던 담배를 피워 물었다. 벤치에 앉은 뒤로 세 개비째였다. 오랜만이라 속이 울렁거렸다. 세오는 박람회에 다녀온 뒤 약간 참회했다. 자신의 원룸에서 새벽에 백여덟 번씩 절을 했다. 종교적 의미 따윈 없었다. 절을 하다 보니 저절로 종교

적 의미가 붙는 숫자에서 멈춰졌다. 사흘이 지나자 무릎이 아팠고 관절이 망가지는 게 아닌지 겁이 났다. 허리도 아프고 발목도 아프고 자고 일어나면 몸이 온통 아팠다. 그래도 가끔은 다시 시도했다.

세오가 앉아 있는 벤치 뒤로 중년 여자 둘이 지나갔다. 그들은 내내 어떤 이야기를 하면서 거기까지 온 듯했다. 벤치 부근에서 그들이 나누던 말이 세오의 귀를 붙잡았다.

"이제 집을 좀 바꿔본다나 봐."

"진즉 했으면 좋았을 텐데."

"누가 아니래. 산 사람은 밝게 살아야지."

"오죽하면 젤 억울한 사람은 죽은 사람이란 말이 다 있겠어."

그들은 놀이터 앞에서 헤어졌다. 한 여자는 미란의 집이 있는 동으로 들어갔다.

세오는 몸이 움찔했으나 얼른 담배를 들여 빨았다. 기차가 굉음을 울리며 질주했다. 소리만으로도 속도를 알 수 있었다. 세오는 긴 허리를 돌려 아파트 정문 쪽을 보았다. 미란은 대체 언제쯤 돌아올까. 세오는 역사 방향으로 눈을 돌렸다. 그곳에서는 역사의 지붕이 보이지 않았다. 세오는 '원웨이 티켓'을 끊던 삼 년 전 어느 날이 떠올랐고 그때의 울고 싶던 기분이 되살아났다.

이불

"향이 너무 독하지 않아요?"

퇴근길에 들른 수연은 그새 두 번이나 내게 물었다. 당연히 내가 동의할 것이라는 표정이었다. 집 안은 거실 베란다에서 행운목꽃이 뿜어내는 향기로 가득했다. 한 뼘쯤 도막진 행운목을 사다가 수반에 담아주고 나중에 다시 화분에 옮긴 건 그 애였다. 베란다로 가 꽃을 피운 걸 신기해하더니, 요모조모 살펴볼 새도 없이 꽃향내에 진저리를 치며 거실로 뛰어들어왔다. 꽃은 저녁 무렵 피었다가 이튿날 아침에 다물었다. 그만큼 향기도 짙어지는 시간이었다.

"좋기만 하구나."

나는 정말 아무렇지 않았다. 갸웃하는 수연의 얼굴에 언뜻 딱

해하는 빛이 스쳐갔다. 이모도 어쩔 수 없이 노인이네, 말하지 않아도 그런 의미일 터였다. 나는 그저 꽃대를 따라 뭉쳐 핀 볼품없는 흰 꽃이 분내보다 향긋하다는 게 믿기지 않았다. 십 년 넘게 행운목 화분에 물을 주면서도 그게 꽃을 피울 수도 있다는 걸 생각해본 적이 없었다. 그 탓에 수연이 올 때마다 공기청정제부터 뿌려대며 수선을 부려도 집 안에 괴어 있다는 퀴퀴한 냄새가 늘 긴가민가하듯 꽃향기 또한 정체를 알기까지는 시간이 더 뎠다. 내 눈에 꽃대가 들어왔을 때는 이미 자잘한 꽃망울이 제법 벌어진 뒤였다.

수연은 차라리 평소의 구중중한 냄새가 낫다고 했다. 꽃향내가 향수 냄새처럼 메스껍다는 것이었다. 나는 어머니를 닮아 젊은 시절 립스틱 향내에도 멀미를 했다. 여덟 살 터울의 동생인 수연의 엄마를 건너뛰어 수연도 그랬다. 수연이 특히 못 견뎌 하는 건 향수 냄새였다. 버스나 지하철에서 근처 누군가가 향수 냄새를 풍기면 모처럼 잡은 자리도 포기하고 멀찌감치 피해간다고 했다. 내가 낳은 삼남매 중에서는 향내에 예민한 아이는 없었다. 나는 떨어진 기력만큼이나 코가 무뎌진 뒤로는 웬만한 냄새쯤은 순하게 길들이고 사는 편이었다.

"거실 창문을 닫지 그러니."

나는 수연이 사온 호박죽을 쇼핑백에서 꺼내며 말했다. 그럴까? 나를 거들려고 식탁 쪽으로 오던 수연이 혼잣말처럼 중얼거렸다. 꽃향내가 아니더라도 10월 저녁은 창문을 열어놓기에는 서늘했다. 그러나 거실 창가로 간 수연은 창문에 손을 대는가 싶더니 그냥 돌아섰다. 겨울에도 창문 한 귀퉁이를 열어놓고 지내는 내 갑갑증을 떠올린 듯했다.

수연은 주방 쪽으로 되돌아오며 어쨌든 행운목꽃이 핀 건 내게 길조라며 좋아했다. 제집에 있는 것도 꽃대를 내미는지 살펴봐야겠다고 했다. 도막진 걸 살 때 내 것을 함께 샀고, 뿌리를 내려 화분에 옮긴 것도 비슷한 시기였다. 하지만, 꽃이 핀다면, 아무래도 꽃대를 잘라버려야겠죠? 아무리 좋은 징조를 예고한다 해도 이 향내를 어떻게 견디겠냐고 했다. 나는 그런 수연에게 타이르듯 말했다. 애야, 모진 손이 꽃을 꺾는 법이란다. 향내가 독하다 한들 저대로 세상 보러 나온 걸 해쳐서야 되겠니? 수연은 더 대꾸하지 않았다.

오늘은 수연의 봉급날이었다. 낮에 전화를 걸어 누룽지백숙으로 유명한 인근의 맛집을 예약하겠다는 수연에게 나는 호박죽이나 사오라고 일렀다. 이종들 생일이 죄다 이달이잖니. 10월에 애를 셋이나 낳았으니 삭신이 오죽 쑤시겠냐. 우스개처럼 덧붙였다. 수연은 실망하면서도 퇴근하자마자 빛의 속도로 달려갈게요, 라고 명랑하게 말했다. 수연이 교사로 일하는 초등학교는 서울 외곽에 있었다. 내가 사는 신도시에서 멀지 않은 거리였다.

수연이 전자레인지에 호박죽을 데우고 냉장고에서 서너 가지 반찬을 꺼내 식탁을 차렸다. 달착지근한 호박죽이 입맛에 썼다. 나박김치는 국물이 시고 무 숙채는 양념이 가라앉아 마르고 싱거웠다. 수연은 퍽퍽 수저질을 하는데도 어쩐지 깨작거리는 느낌이었다. 반찬 탓이려니 하면서도 눈빛으로 수연을 나무랐다. 수연은 고갯짓으로 행운목이 있는 베란다를 가리켰다.

"넌 결혼할 맘이 영 없는 거니? 올해 지나면 마흔 쪽으로 부쩍 휘어질 텐데."

"누군들 나일 안 먹나요? 지지고 볶는 거, 좋아하는 사람들이 나 하라죠 뭐."

"얘, 결혼을 취미로 하니? 재미있게 사는 사람들도 얼마나 많은데."

말해놓고 보니 잔소리였다. 언제부턴지 나는 수연을 만나면 당연하다는 듯 결혼 얘기를 입에 올렸다. 제 엄마를 대신해 간섭할 의무라도 있는 것처럼 굴었다. 뻔한 길이 싫으면서도 문득 돌아보면 그 길에 깊숙이 들어와 있듯 사람 사는 일은 매사가 그런 것 같았다. 소녀 시절에는 동네 아주머니들의 낭자한 웃음소리를 경멸했다. 까마귀나 까치가 깍깍대는 소리처럼 조심성이 사라진 웃음소리를 이해할 수 없었다. 그러나 중년의 어느 날 내 웃음 속에서 깍깍 소리를 발견하곤 정말 깍깍거리고 웃었다. 나도 말 많은 노인네가 되고 싶었던 건 아니었다.

호박죽 한 그릇을 억지로 비웠다. 생목이 오르는 걸 꾹 참았다. 수저를 내려놓으며 수연 아빠의 안부를 물었다. 안성에서 배 농장을 하는 수연 아빠는 오 년 전 동생이 암으로 죽은 뒤 바로 재혼했다. 고등학교 때 인근 여학교에 다니던 풋사랑 상대였다. 남편과 사별하고 안성 시내에서 작은 식당을 하고 있던 여자였다. 여자는 재혼하면서 식당을 접고 수연 아빠의 농장일을 돕고 있었다. 제 오빠처럼 재혼에 시큰둥하지는 않았지만, 수연은 그들 신혼부부가 이듬해 새집을 지어 옮겨간 뒤로는 발을 끊다시피 했다. 동생의 흔적이 완벽하게 지워진 듯했다. 새집에 다녀와선, 섭섭함보다도 아빠의 하이모 가발이 좀 낯설었을 뿐이라며 수연은 어깨를 으쓱했다. 그들의 서로에게 익숙한 모습이나 애도 기간 없는 다정함 같은 것도. 여름에 태풍으로 낙과가 심해 올해 배농사는 형편없는 모양이었다. 가끔 제 아빠와 통화라도 하니 다행이었다.

겨우 죽 먹은 설거지에 시간을 들인다 했더니 수연은 조리대며 개수대까지 꼼꼼히 닦고 있었다. 올 때마다 하는 짓이었다. 며느리들도 들어가길 꺼려 거실에서만 뱅뱅 도는데 수연은 내

부엌살림에 스스럼이 없었다. 개수대 부근에서 시궁창 냄새가 난다거나 냉장고 바닥에 눌어붙은 푸성귀를 떼어내며 투덜거려도 늘 깔끔하게 치워놓곤 했다. 나는 수연을 쫓아다니며 부엌이 더러울 수밖에 없는 이유를 변명했다. 귀찮아서라고 한마디면 끝날 말이 쓸데없이 길어졌다. 수연은 텔레비전이나 보라고 하더니, 생각났다는 듯 남은 죽은 꼭 데워 먹으라고 당부했다. 수연이 사온 죽은 호박죽 말고도 종류별로 넉넉했다.

늦기 전에 집으로 돌아가라고 수연을 채근했다. 아니면 내일 아침 출근은 여기서 하라고 일렀다. 수연은 꽃향내 타령을 하면서도 아홉 시 뉴스가 끝날 즈음에야 일어섰다. 제가 사온 죽으로 저녁을 때워 보내려니 미안했다. 수연이 구두에 발을 꿰며 심상한 척 나를 돌아보았다.

"수진 언니 생일엔 월차 내려고요. 저도 언니 보러 가야죠."

나는 고개를 끄덕였다. 눈두덩이 뜨거워져 텔레비전으로 시선을 돌렸다. 딸아이 수진의 생일은 아흐레 뒤였다. 수진의 나이도 이제 마흔을 넘기고 두 해가 지났다.

텔레비전에서 내일의 날씨를 전했다. 설악산과 오대산은 단풍이 절정이었고 내일도 전국은 가을볕이 눈부실 예정이었다.

 마을버스에서 내려 아파트 단지 안으로 걸어들어가며 몇 번이나 멈춰 섰다. 심장 수치는 정상이라는데 여전히 숨이 찼다. 지난해 협심증 수술을 받고 꾸준히 약을 먹고 있었다. 담당 의사는 이번엔 와파린 양을 조금 줄여서 처방했다고 했다. 피를 묽게 해 혈관 속에서 핏덩어리가 생기지 않게 해주는 약이었다. 손가방이 두 달 치 약으로 불룩했다. 병원에서 정기검진을 받고 돌아오는 길이었다. 관리만 잘하면 백 살까지 너끈하리라는 의사의 말이 지나친 농담처럼 언짢게 들렸다. 지금도 몸 따로 마음 따로 움직여 부딪치고 성할 날이 없는데, 백 살까지라니 끔찍했다. 물론 젊고 친절한 의사가 잘못한 것은 없었다.
 집으로 꺾어드는 모퉁이 벤치에 낮익은 얼굴들이 앉아 있었다. 이옥련과 김선희가 먼저 나를 알아보았다. 이옥련이 와서 앉으라는 뜻으로 비어 있는 옆자리를 톡톡 쳤다. 벤치는 두 개가 기역 자 모양으로 놓여 있었다. 오후 볕이 좋으니 노인정으로 가지 않고 거기 모인 듯했다. 벤치에 그늘을 드리운 느티나무 잎이 그새 노릇했다. 노파들은 잎이 노릇한 느티나무 아래 무심히 모여들어 지저귀는 새들 같았다. 맘보가 없으니 이옥련이 허전해 보였다. 맘보는 초가을 찬 바람이 돌기 시작할 때 폐렴이 더쳐 세상을 떠났다. 한 번도 본 적은 없지만 맘보춤을 잘 춰서 노인정에서 불리던 이름이었다. 둘은 어릴 적의 연과 얼레처럼 늘 짝패로 붙어 다니곤 했다. 나는 노인정 회원은 아니었고 벤치에서 이들을 알게 됐다.

그러잖아도 다리를 쉬려던 참이었다. 나는 이옥련의 옆으로 가서 앉았다. 함께 있던 중년 여자가 명함을 내밀었다. 이불집 광고 명함이었다. 여자는 집집마다 명함을 꽂아놓고 가는 길이라고 했다. 아파트 노파들 사이에선 여자네 이불집이 꽤 알려진 모양이었다.

"맘보도 봄에 이 집에서 이불 했잖어."

이옥련의 목소리가 가늘게 떨렸다. 봄에 묵은 솜을 틀어 새로 이부자리 했다고 자랑이더니 두 계절 만에 저세상으로 가버렸다는 얘기였다.

"하긴 맘보야말로 제일 좋은 이불 덮었지."

김선희가 맞장단을 쳤다. 맘보는 신도시에서 가까운 공원묘지에 묻혔다.

여자가 준 명함을 살펴보았다. 다솜이부자리, 솜틀공장과 이불공장을 갖춘 직거래 침구 전문업체라고 씌어 있었다. 두꺼운 목화, 명주, 양모 솜을 최신 기계설비로 소비자의 기호에 맞게 고쳐드립니다. 이불 맞춤 일체, 침대 커버, 혼수품 전문…… 병원에 가기 전 온 집 안을 헤집고 찾던 그 명함과 똑같은 것이었다. 현관문 틈에 끼워놓은 것을 잘 간수해두었는데 그곳이 어딘지는 영 떠오르지 않았다. 할 수 없이 노파들에게 물어보기로 하고 찾기를 포기했다.

"목화솜이 열 근 있는데, 오래된 거라."

나는 말을 더듬었다. 어떤 뻐근한 감정 같은 것이 한꺼번에 몰려와 설명하기가 어려웠다. 여자가 반색했다. 솜을 타면 묵은 솜도 보송하게 살아나는데, 오래된 건 상관없다고 했다. 오히려 귀한 목화솜을 지금까지 가지고 있었냐며 놀라워했다. 열 근이면 이불이랑 요 해서 두 채씩은 나오겠구먼. 이옥련이 거들었다. 짐작대로였다. 예전 같으면 한 채를 만들 양이지만 요즘은 아파트 생활 기준으로 얄팍하게 두 채를 지었다. 여자가 재촉하듯 내 팔을 잡았다. 새삼 망설임이 그늘처럼 밀려왔다. 나는 입술을 앙다물곤 자리에서 일어났다.

작은방으로 여자를 데려갔다. 두 개의 마대에 담긴 목화솜이 붙박이장 한쪽에 얌전히 놓여 있었다. 오래됐지만 최상품이라고 여자가 말했다. 어쩌면 이렇게 보관을 잘하셨어요? 여자의 감탄이 빈말 같지는 않았다. 딸에게 혼수 이불을 해주려 마련했는데 여태껏 쓸 일이 없었노라고 여자에게 말했다. 더 묵힐 수도 없어 솜이불이나 해주려 한다고 떠듬떠듬 말을 이었다.

"시대가 달라진걸요. 저희 딸도 결혼은 선택이라 하네요."

여자가 이해한다는 듯 웃었다. 거실로 나오며 여자가 다시 말했다.

"따님이 내켜하지 않으면 저한테 파세요. 값은 후하게 쳐드릴게요."

나는 손을 내저었다. 수연에게 휴대전화를 걸어 여자와의 약속 날짜를 정했다. 이틀 뒤 토요일 오후에 여자와 수연이 집으로 오기로 했다. 하루 수업이 끝나고 교무실에서 일을 보고 있던 수연은 느닷없는 솜이불 이야기에 어리둥절해했지만 사연은 나중에 들려달라며 장난스럽게 말했다. 당연히 내 것인 줄 알고 있었다. 샘플책을 보고 겉감을 골라야 했다.

"그럼 목화솜은 모레 따님 만난 뒤 실어갈게요."

여자가 말했다. 여자는 궁금해서 묻는 건 아니라는 듯 지나가는 말처럼 물었다.

"그런데 따님이 따로 사나 봐요. 하긴 직장이 멀면 출퇴근하기가 힘드니까."

나는 가만히 웃는 것으로 대답을 대신했다. 여자는 그제야 집 안에 감도는 꽃향내를 맡았는지 안노인이 계신 집은 냄새부터 다르다며 숨을 크게 들이마셨다.

*

 자리에 누웠으나 잠이 오지 않았다. 잠이 오지 않으니 생각들이 갈피 없이 몰려왔다. 생각의 줄기 하나가 머릿속에 괴어 움직이지 않았다. 그리고 또 다른 결론 쪽으로 달려가기 시작했다. 두 사람의 방문이 굳이 내일일 이유가 있겠냐고, 이 일은 나중에 해도 늦지 않다고 충동질했다. 불현듯 정신이 들며 나는 자리에서 벌떡 일어났다. 거실로 가 불을 켜고 텔레비전 전원을 눌렀다. 심야 뉴스가 흘러나오고 있었다. 나는 그 밤에 꼭 해야 할 일이 있는 사람처럼 작은방으로 달려갔다. 그대로 밤을 지새우게 된다면 그 생각의 줄기 하나가 또다시 찾아들지도 몰랐다.

 두 개의 마대가 정확히 닷 근씩인지는 기억나지 않았다. 남편한테서 한쪽 무게가 약간 세다고 들은 것도 같았다. 작은방 붙박이장에서 그것을 꺼내 하나씩 거실로 옮겼다. 한 손으로는 어림없어 주둥이에 양손을 모아서 들었더니 넘어질 것처럼 걸음이 뒤뚱거렸다. 아닌 게 아니라 먼저 것이 조금 더 묵직했다. 남편은 무엇이든 저울에 달아보는 습관이 있었으니 그의 말이 틀리지는 않을 것이었다. 지금도 창고에는 장대저울이며 앉은뱅이저울이 그대로 남아 있었다. 모두 시어른들이 농사지을 때 쓰던 물건이었다.

마대는 색만 바랬을 뿐 깨끗했다. 두 자루 다 끈을 풀어보았다. 이불집 여자와 미리 풀어본 것은 꼭 동여매지 않아 느슨했다. 목화솜은 노르스름하게 변색되어 있었다. 타지 않은 날솜 그대로 스무 해 가까이 보관해왔으니 그럴 만도 했다. 보송보송하고 희디희던 첫 모양과 감촉이 아련했다. 한 줌 쥐어보곤 도로 내려놓았다. 주둥이를 여며 현관 쪽 구석으로 치웠다. 나는 더 늦기 전에 잘한 일이라고 중얼거렸다.

지레 부린 수선 탓에 숨이 차고 어지러웠다. 그것도 일이라고 티를 냈다. 마대를 꺼내다 몸이 쏠리며 붙박이장에 부딪혀 어깨에 시퍼렇게 멍이 들었다. 와파린을 복용하면서부터는 멍이 쉽게 들었다. 수연은 와파린이 두 잎짜리 작은 연둣빛 식물이 떠오르는 이름이라고 했지만 내 몸에 종종 푸른 멍을 남겼다. 주의해야 하는데 자주 잊었다. 한번은 부엌에서 거실로 전화를 받으러 가다가 고꾸라진 일도 있었다. 전화벨은 울리고 마음은 다섯 발짝 가 있는데 발이 두 발짝만 나갔다. 만세 부르는 모양새로 엎어지곤 광대뼈 부근에 피멍이 들어 한동안 바깥출입도 못 했다. 상처를 본 수연이 놀란 것도 무리는 아니었다. 건강하던 엄마를 대장암으로 잃고 난 뒤 누군가 다치거나 아픈 모습을 보는 것이 견디기 어렵다고 그 애는 말했다. 수연 엄마는 나의 막냇동생이었다. 우리는 비교적 이른 나이에 부모를 여의었고 그 때문인지 수연 엄마는 나를 친정어머니처럼 따랐다.

　내일 이불집 여자와 만난 수연이 어떤 반응을 보일지 새삼 신경이 쓰였다. 어제저녁 퇴근하고 집에 돌아온 수연에게 전화로 간단히 설명했을 때 그 애는 당황하는 기색이 역력했다. 그 애에게 의사를 묻지 않았다는 사실이 그제야 짚어졌다. 주고 싶다는 내 마음에만 열중한 탓이었다. 수연의 말이 귓가에 되살아났다. 이모, 너무나 감사한데요. 근데 그것이 저한테 와도 되는 걸까요? 수진 언니에게 주려던 용도로 쓰이지 못한다면 이모가 실망하실 거라고 했다.

　나는 심야 뉴스가 끝나고도 한참 마대 주위를 서성거렸다.

*

　토요일이었다. 수연과 이불집 여자는 오후 세 시에 올 터였다. 냉장고에 변변한 음료수 하나 없었다. 비우고 채워 넣는 일이 느슨해지면서 냉장고는 빈 배로 지낼 때가 많았다. 아파트 단지 앞에 있는 마트로 나섰다. 수연과 이불집 여자에게 대접할 만한 것을 사올 요량이었다. 오늘도 볕이 좋았다. 노인네 살기에 딱 좋은 날이었다. 햇빛만 쐬도 살갗으로 살아갈 힘이 쏙쏙 스며들 것 같았다. 공연히 눈에 물기가 돌았다. 헐거워지는 건 오래 신은 신발만이 아니었다. 어느 때부턴가 헛도는 나사처럼 감정도 잘 죄어지지 않았다.

단지 초입에 있는 101동이 진입로 건너로 마주 보였다. 남편과 함께 가꾸던 텃밭이 그 어름에 있었다. 목화솜은 거기서 수확한 것이었다. 괜찮은 시절이었다. 나는 아직 오십 언저리였고 건강한 주부였다. 남편은 조만간 은행 지점장이 될 예정이었으며, 아이들은 청죽처럼 푸르디푸른 나이였다. 대학에 다니다 입대한 큰아이는 신도시 북쪽의 부대에 배속되어 군 생활 중이었고 작은아이는 의대 예비과정 학생이었다. 그리고 막내, 수진은 고등학생이었다. 공부에 지쳐 원숭이처럼 두 팔을 늘어뜨려 보이곤 했으나 잘 웃는 버릇과 싱그러움까지 어쩌지는 못했다. 남편은 이곳 토박이였다. 텃밭은 시어른들의 것이었다. 그분들은 신도시가 조성되고 얼마 지나지 않아 차례차례 돌아가셨다. 남편이 신도시 지점에 발령받고 우리가 그 부근의 아파트에 이사해 살고 있을 때였다. 그때까지만 해도 이곳은 신도시 외곽의 농촌 지역이었다.

첫 봄에 우리는 텃밭에 무엇을 심어야 할지 갈팡질팡했다. 오랫동안 도시 생활에 익숙해진 탓이었다. 게다가 둘 다 농촌에서 자라선지 농사일의 고단함을 먼저 떠올렸다. 작은 밭 하나를 놓고 겁을 냈다. 우리는 한쪽에 상추와 치커리 따위 푸성귀를 심었다. 그리고 생각해낸 것이 목화였다. 나의 고향에서는 그때도 밭 한 귀퉁이에 목화를 심었다. 그것으로 식구들의 이부자리를 만들기도 했지만 해마다 얼마씩 모았다가 딸들에게 혼수 이불을 해주었다. 나는 그게 흉내내고 싶었다. 수진이 결혼할 때 직접 가꾼 목화솜으로 이불을 해주고 싶었다. 딸을 둔 부모라면 마땅히 그래야 하는 것처럼 남편과 나는 의견이 일치했다. 우리는 화초 다루듯 목화를 가꾸었다. 꽃을 피우고 다래를 맺고 목화솜으로 피어나는 과정을 어여쁘게 지켜보았다.

텃밭 농사는 오래가지 않았다. 신도시가 커지면서 이곳도 개발되었기 때문이었다. 남편과 나는 목화 가꾸기에 점점 자신이 붙었지만 어쩔 수 없었다. 우리는 그사이 모은 목화솜을 마대에 담아 쓰일 날을 헤아리며 보관해두었다. 텃밭을 포함해 들판은 곧 아파트 숲으로 변했고 우리도 그때 우선 분양을 받아 이곳으로 옮겼다. 남편의 고향 마을로 돌아온 셈이었다.

자동차 경적이 연거푸 울렸다. 택시가 멎더니 차창으로 중년 사내 얼굴이 튀어나와 짜증을 냈다. 할머니, 빨간불에 건너시면 어떡해요. 몇 번이나 미안하다 말하고는 길을 건넜다. 마트는 마을버스가 다니는 이차선도로 건너에 있었다. 도로가 한적한 편이어서 아파트 사람들은 차만 다니지 않으면 신호를 곧잘 무시했다. 파란불이 켜져도 주위를 둘러보고 한 박자 늦춰서 건너라던 수연의 당부가 떠올랐다. 그 애는 가끔 나를 그렇게 상늙은이 취급했다. 돌아올 때는 도로가 텅 비어 있는데도 그 애 말대로 했다. 바퀴 달린 것만 보아도 몸이 후들거리던 시절이 되짚어지며 새삼 몸서리가 났다.

  101동을 쳐다보며 진입로에 들어섰다. 멀리 108동 쪽으로 이옥련이 걸어가고 있었다. 그 뒤편에 노인정이 있었다. 이옥련은 아마 한 시간도 안 돼 영감 점심밥을 차려야 한다며 일어설 것이었다. 이옥련은 죽은 맘보를 부러워했다. 맘보의 남편은 적당히 먹고살 것을 남겨주고 젊다 싶은 나이에 세상을 떴다. 맘보의 기억 속에 남편은 등허리가 꼿꼿하고 새치 몇 개 뽑아내면 염색하지 않아도 검은 머리 빽빽하던 중년 남자였다. 자신의 남편처럼 끼니때마다 밥을 차려 바쳐야 하는 잔소리 많은 영감이 아니었다. 내게 수진이 늘 스물다섯 꽃다운 처녀인 거나 마찬가지였다. 사흘 뒤면 수진의 생일이었다. 마흔두 살의 수진은 어째 상상 속에서도 그려지지 않았다.

*

  아들들은 수진의 생일에 못 올 모양이었다. 맏이는 그날 참석하지 않으면 안 될 중요한 회의가 있었고, 이태 전 아프리카로

의료 활동을 떠났던 둘째는 아예 그곳에 눌러앉았다. 안부 전화를 걸어온 맏이에게 슬쩍 비춰보고 나서야 맏이가 수진의 생일을 기억조차 못 한다는 걸 알았다. 맏이는 평소 골프조차 흥미보다는 업무와 관련해 어쩔 수 없이 친다고 했다. 남편이 죽고 나서는 수진의 생일에 가족 모두 모이는 일이 뜸해졌다. 내게도 무덤덤해진 자식들에게 수진의 생일을 기억해달라고 바라는 건 부질없는 짓이었다. 내리사랑은 있어도 치사랑은 없는 법이었다. 알아야 할 것은 언제나 너무 늦게 깨달아졌다. 치사랑을 바쳤어야 할 분들은 이 세상에 없고 내리사랑을 주고픈 이들은 내게서 그것을 원하지 않았다.

맏이와 통화를 마치고 집 안을 치웠다. 수연과 이불집 여자가 손님이라도 되는 듯 모처럼 집안일에 열중했다. 거실 베란다를 비로 쓰는데 행운목 부근이 끈적끈적했다. 옆에 있는 화초들도 잎이 번들거렸다. 행운목꽃에서 흘러나온 끈끈한 액이 주변에 떨어진 것이었다. 꽃대는 꼭대기와 옆구리에서 나온 것 두 개였다. 꽃숭어리 무게가 버거운지 둘 다 잎사귀에 얹히듯 휘어져 있었다. 꽃대가 기대고 있는 이파리에도 투명한 액에 작은 꽃잎들이 들러붙어 있었다. 분무기로 물을 뿜어 화초 잎을 닦아냈다. 개나 고양이만 발정이 나는 건 아닐 터였다. 뜬금없는 상상에 낯을 붉혔다. 꽃이 피고 열매를 맺는다는 건 아름다운 일이었다.

수연이 사온 전복죽을 데워 점심을 먹었다. 입이 깔깔해 도통 맛을 알 수 없었다. 수연의 정성을 생각해 몇 수저 넘겼다. 잠깐 소파에 누웠다. 정신은 우물처럼 맑은데 몸이 한없이 무거웠다. 이렇게 계속 가다 보면 어느 순간 무거워진 몸을 감당하지 못하고 영혼이 쑥 빠져나가는 것일 터였다. 10월엔 애를 셋이나 낳았지. 뼈 마디마디가 죄다 물러난다 한들 그게 뭐 이상한 일이라고. 기운이 없으니 자꾸 헛된 생각이 스며들었다. 나는 눈을 감지도 않았는데 꿈같기도 한 허방 속으로 걷잡을 수 없이 빨려들어갔다.

나 같으면 화장할 시간에 밥 한술 더 뜨겠다. 출근하는 수진의 등에 대고 내가 혀를 찬다. 아침밥은 뜨는 둥 마는 둥 하더니 수진은 머리 손질부터 화장까지 공들인 게 표가 난다. 게다가 생일 밥상 아닌가. 미역국도 먹는 시늉만 한 애가 트렌치코트에 머플러까지 두르고 현관문을 연다. 어쨌거나 그렇게 차려입으니 제법 사회인 티가 난다. 수진은 대학을 졸업하고 두 해째 직장에 다니고 있다. 앳된 얼굴이 불만이더니 오늘의 화장과 차림은 마음에 드나 보다.

저녁에 말씀드릴게요. 수진은 싱글거리며 집을 나선다. 곧바로 현관문이 빼꼼 열리고 수진이 고개를 디민다. 엄마, 미안해요. 수진이 사라진다. 현관의 도어록이 잠긴다. 삐리릭. 나는 현관에서 눈을 떼지 못한다. 수진의 젊음이 눈부셔 그 애가 불고기며 잡채며 생일 음식에 손대지 않았다는 것을 잊는다. 아침 반찬으론 사실 과하다고 남편에게 말한다.

가슴에서 불덩이 같은 것이 치밀었다. 나는 화들짝 놀라 몸을 일으켰다. 캄캄해진 눈앞에서 도어록 버튼이 반 바퀴 돌아 제자리에 멈췄다. 동시에 도어록 버튼음도 멎었다. 먼저 살던 집 도어록 버튼은 유난히 소리가 또렷했다. 엄마, 미안해요. 수진의 목소리가 귀에 울렸다. 단풍색 트렌치코트가 어둠 속에서 점점 부풀며 다가오더니 싱글거리는 아이 얼굴이 그대로 내 얼굴 전체로 스며들었다. 나는 냉장고로 달려가 찬물을 꺼내 벌컥벌컥 마셨다.

수진이 저녁에 놀아와 하려던 말은 끝내 듣지 못했다. 그날 저녁의 약속만 아니었다면 수진은 무사했을까. 나는 대답을 얻지 못한 채 오래도록 내 안의 피멍에 주먹질을 했다. 아이를 치고 달아난 운전자에게 인간이 상상할 수 있는 저주란 저주는 죄다 퍼부었다. 경찰에선 어떤 단서도 찾지 못했고 남편과 내가 내건 현수막은 그해 가로수가 모조리 잎을 떨어내고 겨울바람이 부는 동안에도 이면도로 가에서 저 혼자 펄럭였다. 집에서 겨우 두 블록 거리였다. 아이가 사고를 당한 시간에 나는 주중의 텔레비전

드라마를 보고 있었다. 아이의 소개팅에 철 지난 낭만을 덧씌우곤 공연히 들떠 있었다. 생일날의 소개팅을 부추긴 건 나였다. 그 애의 눈부신 젊음이 아까워서였을까. 다음 날로 미루려는 아이에게 미루지 말라고, 생일날 누군가를 만난다면 엄마와 아빠처럼 특별한 추억이 될 수 있을 거라 바람을 넣었다.

*

잠에서 깨어났을 때는 안방의 내 침대에 누워 있었다. 수연과 이불집 여자가 걱정스러운 얼굴로 나를 지켜보고 있었다. 응급실로 모셔가려 했다고 수연이 말했다. 나는 수연에게 이불 겉감을 골라보라고 했다. 여자가 그래도 될까 하는 얼굴로 샘플책을 내밀었다. 수연이 두세 가지를 골라서 보기 편하게 내 눈 가까이 대주었다. 단색에 디자인이 점잖은 것이었다. 내가 좋아할 만한 것이었다. 수연이 무슨 생각을 하고 있는지 짐작이 갔다.

"네 취향대로 골라보렴."

자세를 고쳐 앉는 수연에게 내가 말했다. 잠깐 수연의 눈빛이 흔들렸다. 그러더니 뭔가를 결심하듯 입술을 꼭 다물고 샘플책 몇 장을 넘겼다. 나는 그런 수연에게 말했다.

"이제는 네 것이란다."

혼수 이불이면 좋겠다는 말은 애써 참았다. 나도 말 많은 노인네가 되고 싶지는 않았다. 어떤 녀석과 지지고 볶는 일에 재미를 가져보는 쪽도 하나의 선택일 수 있겠지만.

수연의 표정이 환해졌다. 수연은 제 침대 커버에 맞춰 단순한 줄무늬를 고르겠다고 하더니 갑자기 바꿨다. 자잘한 꽃무늬가 들어간 것으로 분홍색과 푸른색 두 가지를 정했다.

"선물은 역시 꽃이겠죠."

수연이 웃으며 너스레를 피웠다.

"그죠, 그죠. 센스 있으시네."

이불집 여자가 소리내어 웃었다.

나는 입술을 깨물었다. 어쩐지 울음이 터질 것만 같았다.

여자가 주문서를 만들고 수연에게 영수증을 건넸다. 완성된 이부자리는 수연의 집으로 배달해주기로 했다. 일주일쯤 걸릴 거라고 여자가 말했다.

"아, 그런데 따님이 아니셨어요?"

여자가 수연과 나를 번갈아보며 물었다. 엄마를 자꾸 이모라 부른다고 여자에게 대답했다. 수연이 내게 눈을 흘겼다. 하긴 이모는 반쯤 엄마니까요. 여자가 말했다.

수연이 여자를 따라 나갔다. 여자와 함께 목화솜 마대를 엘리베이터에 옮기고, 밖으로 나가 여자의 차에 실어주고 돌아올 터였다. 몸인지 마음인지 한구석이 허물어지는 느낌이었다. 나는 그 느낌 속에 담긴 후련함을 받아들이기로 했다.

 수연은 밤에도 집에 돌아가지 않았다. 예정에 없이 자고 가는 일이 없는 아이였다. 내일이 일요일이니 상관없다고 했다. 나는 어지러울 뿐 견딜 만했다. 수연은 마치 나를 자리보전하고 누운 환자처럼 대했다. 저녁때는 씻겨주겠다며 수선을 부렸다. 실랑이 끝에 나는 지고 말았다. 대신 세수만 하기로 했다. 세숫대야에 물을 담아 방으로 가져오겠다는 걸 억지로 말렸다.
 수연이 욕실에서 세숫대야에 따듯한 물을 받았다. 나는 욕실문 앞에 순한 아이처럼 앉아 있었다. 수연이 내 목에 수건을 둘렀다. 아주 어릴 적 이렇게 해준 이는 어머니였을까, 할머니였을까. 기억 속에서 삼베수건을 둘러주던 어떤 손길이 생생했다. 수연이 세숫물을 내 앞으로 가져왔다. 세면대에서 비누를 내리며 말했다.
 "자, 우리 정옥이, 손 씻고 세수하자."
 나는 얼굴을 앞으로 빼고 눈을 꼭 감았다. 수연의 손이 어릴 적 누군가의 손길처럼 얼굴에서 시원하게 움직였다. 비누 거품을 내어 씻은 뒤 손으로 물을 퍼 헹구었다. 눈앞으로 말간 가을볕이 지나간다 싶더니 어느새 나는 울먹울먹하고 있었다. 나는 젖먹이가 으앙 하고 우는 것처럼 소리내어 울고 말았다. 울음소리는 어딘지 산비둘기 소리와도 닮은 듯했다. 그것은 구슬픔의 뿌리까지 함께 토해내는 소리였다.

수연은 이번에는 손을 씻자고 했다. 군데군데 검버섯이 돋은 내 두 손을 잡아 세숫대야에 담갔다. 기름기 없는 피부가 수연의 손길에 따라 밀려다녔다. 울음은 참을수록 흑흑 소리가 커졌다. 수연은 다시 물을 받아 손과 얼굴을 헹궜다.

수연은 내 울음은 아예 달랠 생각이 없는 모양이었다. 마른 수건으로 물기를 닦아주곤 거실로 가더니, 행운목 꽃향내가 향수 냄새보다 독하다고 투덜거렸다. 다행히 제집에 있는 것은 꽃이 필 기미 따윈 보이지 않는다며 좋아했다. 그러고 보니 오늘 수연이 꽃향내에 넌더리내기는 처음이었다.

일곱 발짝

희연과 내가 지하철 역사를 나왔을 때는 눈이 내리고 있었다. 일기예보에 없던 3월의 눈이었다. 우리는 우리가 나온 4번 출구 앞의 쇼핑센터 건물을 끼고 백팩을 머리에 인 채 스무 발짝쯤 정신없이 달렸다. 우리를 멈춰 세운 건 노란 불빛이었다. 스무 발짝쯤에서 새로운 건물이 나타났고 이 층의 통유리 너머로 노란 불빛이 퍼져나와 함박눈을 조명처럼 비추고 있었다. 불이 꺼진 상가 사이에서 그것은 퍽 몽환적인 풍경을 이루고 있었다. 나는 집까지 빨리 가야 한다는 마음뿐이던 조금 전의 생각을 잊고 홀리듯 노란 불빛을 쳐다보았다. 희연의 고개도 이 층을 향해 있었다. 나도 희연도 뛰느라 헉헉거리던 숨이 차분해지고 있었다.

희연과 나의 눈길은 곧 불빛에서 내려와 마주쳤는데 그때는 우리 둘 다 완전히 어떤 합의점에 이르러 있었다. 희연이 터프하게 건물의 문을 열었고, 우리는 입구에서 한바탕 눈을 털어내곤 내기하듯 하하거리며 어둑한 계단을 뛰어올라갔다. 짐작대로 그곳은 심야카페였다. 우리는 창가에 자리를 잡자마자 얼굴을 유리창에 바짝 대고 밖을 내다보았다. 맞은편 상가의 실루엣을 배경으로 운하처럼 길게 누운 도로에서 자동차들만 봄눈에 당황했다는 듯 멈췄다 다시 흐르곤 했다. 늦은 밤이라는 게 아무렇지 않았고 모든 것이 장난 같은 밤이었다.

"카페 미드나이트? 이름이 너무 정직한데."

자세를 바로잡자 나는 불쑥 농담부터 던졌다. 한껏 들떠 있던 자신이 쑥스러웠다. 카페 안을 휘둘러보던 희연이 깔깔 웃고 나서 말했다.

"네 말이 웃겨서 웃었다고 생각하진 말아줘. 근데 아니쉬 카푸어가 다 있네."

희연은 턱짓으로 중앙의 장식벽에 걸린 사진을 가리켰다. 아크릴 패널 안에 거대한 콩 모양의 조형물이 휘황하게 불 밝힌 건물들을 담고 날아갈 듯 앉아 있었다. 희연은 시카고의 밀레니엄 파크에서 작품을 직접 본 적이 있다고 했다. 사진은 밤 풍경이며 낮에 보면 돔에는 하늘이, 밑부분에는 광장의 모습이 담긴다고 했다. 재질이 스테인리스니까. 제목은 〈클라우드 게이트〉. 희연이 말했다. 그러고는 아, 내 정신 좀 봐, 하는 표정을 짓더니 작품에 대한 언급을 뚝 그쳤다.

"미안, 너무 유명한 작품이라서 너도 모를 리 없을 텐데."

어쩐지 몰랐다는 대답이 목에서 잠겼다. 대신 내 입에서는 이런 말이 튀어나왔다.

"아는 것도 많지."

나는 '많지'의 '지'쯤에서 아차 했다. 맹세코 빈정거릴 뜻은 없었다. 희연이 가볍게 눈을 흘겼다. 희연에게 자주 하는 말이었기에 오해하리란 생각은 하지 않았다. 정말이지 희연은 영화면 영화, 클래식이면 클래식, 누르기만 하면 뭐든 자판기처럼 쏟아내는 친구였다. 전공인 경제학 말고도 그것들을 습득하는 특별한 유전자가 있거나 그녀 속 어딘가에 따로 관장하는 기관을 두고 있는 것 같았다. 국내외 문학작품에도 해박해서 내가 문학 전공자라는 사실을 무색하게 했다. 나는 가끔 그런 희연에게 경이에 가까운 감정을 느꼈다. 그리고 같은 이유로 같은 횟수만큼의 서먹한 감정을 갖기도 했다.

우리는 크림맥주를 한 잔씩 마셨다. 봄눈은 우리가 카페에 앉아 있던 삼십 분 동안에도 그치지 않았다. 느닷없는 봄눈 때문인지 카페는 손님 없이 고적했다. 나는 뭔가 자꾸 오버할 것처럼 마음이 들썽거렸다. 희연과 나 사이에 남다른 유대가 생겨난 것 같았고 그 느낌이 설렘을 더욱 부풀렸다. 희연 또한 경쾌한 목소리가 웃음소리와 함께 통통 튀어올랐다. 희연도 그러니까 설렘 같은 것이 마구 부풀어오르고 있는지도 몰랐다. 나는 애꿎은 휴대전화만 테이블에서 옆자리 빈 의자로, 빈 의자에서 테이블로 반복해서 옮겨놓으며 오버하지 않으려 애썼다.

우리는 학교생활과 친구들에 대해, 그리고 우리의 진로에 관해 이야기했다. 이야기가 분위기와 동떨어진 화제로 흘러갔다. 둘 다 그 사실을 모르지 않을 테지만 수정하지 않고 싱거운 대화를 이어갔다. 희연과 나는 중학교 때부터 친구였다. 내가 인근의 고등학교에 다니고 희연이 구한말에 세워진 여자고등학교로 진학했지만 같은 대학에서 다시 만났다. 화제에 오른 친구들은 주로 중학교를 함께 다닌 동네 친구들이었다. 그러게, 그러게. 우리는 서로의 이야기에 맞장구를 쳤다. 새로울 게 없지만 깊이 공감한다는 듯이. 친구들의 소식은 복기에 지나지 않았다. 지난 겨울방학부터 귀갓길이 겹치면서 희연과 내가 적어도 한 번 이상 주고받은 이야기였다.

"광고회사 준비한다고 했지? 잘돼가?"

"뭐 그럭저럭. 아무튼 열심히 해봐야지."

우리는 이런 이야기도 재탕으로 써먹었다. 집으로 돌아오는 전철에서 가장 빈번히 등장하던 화제였다. 나는 대학 졸업반이었다. 대학 생활이 알바에서 알바로 점철됐지만 지난 겨울방학부터는 알바를 하지 않았다. 마지막 학년은 취업 준비에 집중하고 싶었고 엄마도 그러기를 바랐다.

막판에 시시한 이야기들을 멈춘 것은 희연 덕이었다. 난 학기 초라 그런가, 학구열이 하늘을 찔러. 장난기 실린 희연의 말이 주변의 모든 것을 밝게 했고 내게도 그대로 전해졌다. 나는 내 눈이 커지는 걸 느낄 수 있었다. 그렇단 말이지? 나는 눈으로 말했고 그것을 읽은 희연이 풉 하고 웃음을 뿜었다. 순간 우리는 그곳이 카페라는 것도 잊고 계단을 뛰어올라올 때 그랬듯이 와하하 웃었다. 바람직해. 아주 멋져. 나는 희연을 향해 엄지를 치켜세웠다. 희연은 막 석사과정을 시작한 참이었다. 우리는 같은 해 대학에 들어갔지만 내가 군대를 다녀오고 희연이 미국의 대학에서 교환학생으로 한 해를 보내는 사이 엎치락뒤치락 학년이 어긋났다.

우리는 초여름까지 그 카페를 드나들었다. 우리는 우리를 포함한 심야의 손님들을 '밤의 쏙독새'라고 불렀다. 우리 동네 뒷산에선 종종 쏙독새가 울었다. 우리는 고개를 갸웃대며 몇 개의 이름을 지었지만 '밤의 쏙독새'로 최종 결정했다. 희연과 나는 밤에 더 눈이 반짝이는 사람들이었고 그것이 야행성인 그 새의 특징과 생생하게 들어맞는다고 생각했다. 나는 그 암호 같은 이름이 희연과 나만의 비밀스러운 기호처럼 느껴졌다.

나는 희연을 집까지 바래다주곤 했다. 쇼핑센터를 기점으로 도로변에 늘어선 상가들의 셔터 끝자락이나 가로수 밑동에 흩뿌려진 취객의 토사물을 못 본 척 지나치며 희연의 말총머리를 부지런히 쫓아갔다. 상가 뒤편으로는 다세대주택이 밀집해 있었다. 우리는 위쪽으로 더 올라가 희연의 집이 가까운 골목으로 접어들었다. 희연의 집은 동네 골목들을 벗어나 북한산 밑의 고급 빌라 단지에 있었다. 유럽의 성 모양을 모방한 네 동으로 된 흰색 톤의 빌라 단지는 일대에서 유일하게 '진짜 빌라'다운 분위기를 풍겼다. 그러니까 본래 의미의 빌라. 우리는 여러 이름의 빌라들을 지나쳤다. 가든빌라, 드림빌라, 초원빌라, 하이츠빌라, 삼성빌라 등등. 이윽고 이차선도로가 나오면 그 건너편으로 성 모양의 윤곽이 나타났다. 어둠 속에서도 네 동의 집채는 다세대주택들에게 참칭한 죄라도 묻듯 도도하게 굽어보고 있었다. 희연의 아버지는 재정 분야 정부 부처의 고위 관료였다. 우리는 초입에 있는 경비실 앞에서 헤어졌다.

희연은 손을 흔들고 정면의 한 동으로 모습을 감추었다. 곧 삼층 희연의 방에 불이 켜졌고 나는 잠시 선 채 그녀의 집 아래 심어진 키 큰 나무를 부러워했다. 문득 휴대전화를 켜고 보면 자정이 지나 있었다. 나는 부리나케 몸을 돌려 지하철역이 있는 큰길까지 이어진 직선 코스의 골목을 달렸다. 우리 집은 심야카페와 희연의 집 중간쯤에 있었다. 직선 코스에서 언덕진 곁길로 꺾어져 스물세 발짝을 올라가면 엄마와 내가 사는 다세대주택이 나왔다. 나는 언덕진 곁길로 꺾어들고서야 엄마를 떠올렸다. 그 탓에 스물세 발짝의 길은 내게 회개의 언덕이기도 했다. 개선의 의지 따윈 없으면서 희연의 집에서 돌아오는 늦은 밤 그곳에 이르면 나는 또 어김없이 회개를 했다.

나의 엄마, 어쩌면 나의 엄마야말로 진짜 쏙독새였다. 희연의 집에서 돌아오면 나는 그러잖아도 옅어져가던 엄마의 잠을 기어이 깨워놓고야 말았다. 엄마가 지새워야 하는 밤은 주로 새벽이었다. 엄마와 나는 새벽 교대조처럼 시간이 엇갈렸다. 알바 때문에, 지난 겨울방학부터는 취업 공부에 돌입하면서 나는 귀가가 늦었다. 엄마는 내가 집에 돌아오고 나서 서너 시간도 지나지 않아 출근 준비를 했다. 엄마는 시청 근처에 있는 대형 건물에서 청소일을 했다. 새벽 다섯 시에 시작하는 근무 시간에 맞추려면 네 시 십오 분에 우리 동네를 지나는 첫 버스를 타야 했다. 엄마의 일은 오후 네 시에 끝났다. 엄마는 새벽에 잠자리에 들고 늦잠을 자는 내 습관을 걱정했다. 그래서 집을 나서기 전이면 내 방문을 빼꼼 열고 조그맣게 한숨을 내쉬며 중얼거렸다.

"밤에 이십 리 가고 낮에 십 리를 가면 어떡해."

엄마의 경구, 엄마와 나 사이에선 진부한 경구였다. 무려 엄마의 엄마가 어린 엄마를 꾸중할 때부터 내려왔다는 오래된 말씀이었다. 아니면 여학생 때 시인이 되고 싶었다는 엄마의 꿈의 흔적이 그런 화법으로 남아 있는 것인지도 몰랐다. 나는 설핏한 잠 속에서 엄마의 기척을 들었지만 절대 눈을 뜨지 않았다. 잠기와 감기 기운이 섞인 새벽의 엄마 목소리는 이상하게 슬프면서 화가 났다. 조심스럽게 현관문이 닫히는 소리를 듣고 나서야 나는 잠꼬대처럼 웅얼웅얼 허풍을 떨었다.

"걱정하지 마시라니까요. 사람은, 닥치면, 다 감당하게 마련이라고."

그리 헛소리만은 아니었다. 그때까지 엄마와 나는 우리에게 닥친 일을 감당해왔고 이후에도 더 나쁜 일이 일어나리란 생각은 들지 않았다. 로또복권 일등에 당첨되리라는 기대 따위도 품지 않듯이 말이다. 사실 이 말이야말로 엄마의 모토였다. 명언의 달인이자 낙천가인 내 엄마의 모토. 나는 엄마의 모토를 부적처럼 써먹곤 했다. 말을 뱉고 나면 정말 주술이라도 걸어놓은 것처럼 힘이 났다. 엄마와 나는 우리 몫의 불운이 담긴 상자를 어딘가에 파묻었고 함부로 꺼내서는 안 된다는 것을 무언중에 약속한 동지였다. 어쨌거나 나는 직업을 구해야 할 상황에 닥쳤고 그 상황을 열심히 감당하고 있었다. 비록 엄마가 직장인들이 출근하기 전에 청소를 마치고 그 건물의 지하에 있다는 휴게실에서 늦은 아침을 먹는 시간에 눈을 뜨기는 했지만.

1학기 기말고사를 앞두고 나는 엄청난 모범생처럼 굴었다. 여전히 희연과 붙어 다녔지만 강의실과 도서관, 학생 식당, 학교 근처 분식집을 넘지 않았다. 우리는 심야카페도 그냥 지나쳤다. 늦은 밤 하루의 마지막 순례는 노란 불빛을 올려다보며 하하 웃는 것으로 끝났다. 어쩐지 우리의 웃음소리도 생기가 빠져 있었다. 늦은 귀가와 시험 준비, 때 이른 더위 등 우리를 지치게 하는 것들을 꼽자면 손가락이 모자랐다.

희연은 여름방학을 시카고에서 지낼 예정이었다. 그곳 대학에서 진행하는 하계연수 프로그램에 4주간 참가한 뒤 역시 그곳에 있는 이모 집에서 남은 방학을 보낼 계획이었다. 그녀는 석사과정을 마치고 국제금융 분야에서 일하기를 원했다. 애초 석사과정을 그곳 대학에서 공부하려 했지만 지난해에는 꼭 한국을 떠나야 할까 고민하는 사이 타이밍을 놓쳤다고 했다. 하지만 하계연수는 참가하고 싶다고, 자기한테도 미래는 중요하기 때문이라고 내게 동의를 구하듯 말했다.

"망설일 까닭이 없잖아. 좋은 기회인데."

나라면 선택의 여지 따윈 두지 않을 거라고 했다. 바란다고 해서 누구에게나 기회가 주어지는 건 아닐 테니까. 의도하지 않았음에도 말이 까칠하게 나갔다. 나는 다시 변명하듯 눙쳤다. 말하자면, 일반적인 견해가 그렇다는 거지. 희연이 말없이 고개를 끄덕였다. 봄눈 내리던 날 이후 내 안에서 한껏 커져버린 풍선에 바늘구멍이라도 난 기분이었다.

그즈음 나는 어떤 문제 때문에 예민해져 있었다. 희연에게는 당연히 비밀이었다. 내가 싸워야 할 병의 이름이 손톱무좀이었으므로. 왼손 중지의 손톱은 그런 병명을 갖고 적잖이 훼손된 상태였다. 엄살 같지만 드러내놓고 알리기 어렵다는 점에서는 생식기에 생긴 병과 맞먹었다. 처음 피부과의원을 찾던 날 젊고 명랑한 남자 의사는 문제의 손톱을 살피고 나서 나머지 아홉 개를 골똘히 들여다보더니 내게 물었다.

"발에 무좀 있으시죠?"

의문문에 강한 확신이 담겨 있었다. 나는 명랑한 대답을 할 자신은 없었고 그 대신 고개를 주억거렸다. 거보란 듯 젊은 의사가 다시 말했다.

"백 퍼센트예요."

그가 생략한 말이 무엇인지는 설명할 필요도 없었다. 전날 엄마도 비슷한 질문을 했었다. 너, 발무좀 다 나았다고 하지 않았니? 엄마는 손톱이 그 정도까지 파먹어 들어가도록 내버려둔 내 무신경에 혀를 찼다. 피부과에 가야 하는 거야, 손톱도 피부니까. 아마 발에서 옮았을 거야. 엄마는 쇼핑센터 건너편에 있는 피부과의원의 이름을 댔다. 삼대째 동네에서 피부과의원을 해왔다는, 일대에서는 꽤 알려진 병원이었다. 발무좀은 장마가 가까워지면 으레 도지곤 했다. 나는 무좀, 어딘지 좀스럽고 무좀스러운 작은 생물들이 태우는 간지럼이나 그것들이 합심해서 뿜는 냄새를 좋아하진 않았지만 그렇다고 별다른 불만을 갖지도 않았다. 여름은 뭐라 해도 생명의 계절이니까. 하지만 손톱무좀이라니. 나는 새삼 발무좀까지 맹렬히 증오했다.

"최소 석 달은 치료받으셔야 합니다."

젊은 의사가 단언했다.

"최소 석 달이라고요?"

"그렇죠. 손톱이 새로 자라봐야 다 나았는지 확인할 수 있으니까요."

장마가 머지않았고 이제 작은 생물들이 왕성하게 활동하는 계절이었다. 치료 기간이 일 년 넘게 걸릴 수도 있다고 의사가 말했다. 한 달 단위로 상태를 점검하고 그에 맞춰 처방을 다시 받아야 했다. 나는 지저분한 병을 깨끗이 인정하고 젊은 의사 앞에서 문제의 손톱을 들여다보았다. 끝이 들쭉날쭉 허옇게 변했고,

세로로 한쪽이 두꺼워진 데다가 윤기라곤 없이 곳곳에 흰색 점이 박혀 있었다.

약은 일주일마다 같은 요일에 한 봉지씩 복용해야 했다. 치료약에 간독성이 있으니 약을 먹은 날 전후로는 술을 삼가야 한다고 의사가 주의 사항을 전했다. 처방전을 들고 같은 건물에 있는 약국에 갔을 때 약사에게서도 동일한 말을 들었다. 캔맥주 한 모금도 마셔서는 안 돼요. 석 달이든 일 년이든 무한의 시간처럼 느껴졌다. 가끔 희연이 해주던 조언이 떠올랐다. 약간의 여유를 장착해봐. 목적지까지 가는 데 큰 차이가 없다면 그편이 훨씬 수월할 테니까. 희연은 곧 시카고로 떠날 터였다. 서운했지만 잘된 일이기도 했다. 희연이 돌아올 때쯤이면 새 손톱이 부쩍 자라나 있기를 빌었다.

여름방학 동안 나는 문제의 손톱에 정말 가혹한 짓을 했다. 작은 생물들은 쉽게 굴복하지 않았다. 그럴수록 나는 대결하듯 그것들을 떨어내려 했다. 자유연이 실금만큼만 자라도 바투 잘라 손톱 끝이 늘 핏빛이었다. 자유연은 손톱 끝의 하얀 부분을 가리켰다. 인터넷이 알려준 정보였다. 손톱 하나에도 부분별로 제각각 이름이 있다는 걸 나는 처음 알았다. 내가 잘라내지 못해 안달하는 것, 그것은 프리에지이고 우리말로 자유연이라 불렀다.

이름을 알고 나니 자꾸 불러주게 되었다. 전에는 뭉뚱그려 손톱을 자르고 다듬고 했다면 이제는 프리에지를 자르고 큐티클을 다듬고 하는 식이었다. 어느 날 밤 손톱을 깎고 있는데 희연에게서 카카오톡 메시지가 날아왔다. 우리는 보이스톡으로도 자주 연락했다. 희연은 시카고에서 잘 지내고 있었다. 내가 프리에지를 자르는 중이라고 했더니 희연은 와하하 웃는 이모티콘을 보냈다. 희연은 내가 디테일에 강해졌다고 치켜세웠다. 프리에지를 아는 남자는 후하게 쳐줘도 영점일 퍼센트가 안 될 거라고, 내가 섬세해서 광고일에서도 나만의 탁월한 커리어를 쌓아갈 수 있을 거라고 격려까지 했다. 희연은 손톱의 구조나 명칭에 대해서도 훤했다. 기분 전환이 필요할 때 네일아트숍에서 손톱 손질을 하다 보니 저절로 알게 되었다고 했다.

희연에게 칭찬을 들으니 기분이 좋았다. 좋아진 기분은 점점 더 좋아졌다. 밤이 깊어가고 있었지만 나는 집을 나와 동네를 어슬렁거렸다. 가슴쯤에 켜진 등불이 어딘가를 쏘다니도록 충동질했다. 나는 지하철역 앞의 쇼핑센터를 돌아 심야카페로 뛰듯이 걸었다. 그곳의 크림맥주가 그리웠다. 희연도 통화할 때마다 '밤의 쏙독새' 시절이 그립다고 말했다. 희연이 떠난 뒤로는 나는 한 번도 카페 앞길을 이용하지 않았다.

노란 불빛이 퍼져나오던 이 층의 통유리는 캄캄했다. 주인이 여름휴가라도 간 모양이라고 생각했지만 나는 계단을 두세 칸씩 건너뛰며 이 층으로 올라갔다. 엇박자로 뛰어 카페의 나무색 덧문 앞에 이르러서는 허수아비 풍선처럼 팔을 허우적거렸다. 가게 문을 닫던 맞은편 보쌈집에서 불빛이 흘러나왔다. 나는 어스름한 불빛 속에서 뭔가를 읽었다. A4용지에 띄어쓰기 없이 세로로 쓰인 건 분명 '내부 수리 중' 다섯 글자였다.

흠, 드디어 올 것이 왔군.

불길한 예견은 언제나 적중했다. 그곳은 손님이 없는 카페였다. 희연과 나는 우리의 목소리가 유난히 크게 들릴 때면 깜짝 놀라 주위를 둘러보곤 주인 사내를 걱정했다. 손님이 넘친다는 강남역이나 홍대 쪽과는 사정이 달랐다. 지하철역이 가깝지만 대각선 건너 음식 거리와 동떨어진 점이 불리했을 수도 있었다. 장사와는 멀어 보이던 주인 사내에게 원인이 있을 수도 있었다. 어쨌든 난동을 부리는 취객도 없었고 매상을 올려줄 단체 손님도 없던 곳, 그곳이 희연과 내가 이른 봄부터 초여름까지 늦은 밤을 보내던 카페 미드나이트였다. 나는 밖으로 나와 깜깜한 이 층 창문을 하염없이 바라보았다. 쓸쓸하다는 게 뭔지 알 것 같은 밤이었다.

걸음을 떼자 중노동이라도 한 것처럼 다리에 힘이 빠졌다. 나는 쇼핑센터로 들어가 일 층 한쪽에 있는 손님용 스툴에 앉았다.

희연이 카톡으로 보내준 사진들을 들여다보았다. 기쁨 세포가 비로소 기운을 차렸다. 희연이 연수 중인 대학교의 풍경 사진이 가장 많았다. 물론 희연의 사진도 있었다. 담벼락에 담쟁이덩굴이 우거진 고딕 양식의 건물 앞에서 혹은 건물 사이로 난 보도에서 희연이 환하게 웃고 있는 사진들.

한 컷 한 컷 넘기던 손끝이 어떤 사진에서 멈췄다. 클라우드 게이트, 구름문. 밀레니엄파크에 있다는 조형물이었다. 나는 조형물이 담긴 사진들을 한껏 확대했다. 작가와 작품에 대해서는 이미 통달해 있었다. 봄눈 내리던 날 희연에게서 처음 들은 뒤 열심히 검색해본 결과였다. 희연의 말대로 낮의 돔은 구름이 가득한가 하면 눈부시게 청명한 파란색이기도 했다. 사진에는 조형물 주변으로 구경꾼이 북적거렸고 그들은 돔 아래 보도블록과 함께 그대로 반사되었다. 희연은 연수에 참가한 친구들과 휴일에 다녀왔다고 했다. 대부분 외국인 친구들이었다. 그곳의 햇살과 바람이 느껴졌고 그들 속에 섞여 광장을 걷고 있는 기분이었다. 동시에 이상하게도 그 가짜 느낌이 마음을 일그러뜨렸다. 가짜 느낌이 이토록 생생할 수 있다니. 나란 놈이 어처구니없어 어디에 와 있는지도 잊고 실소를 터뜨렸다.

쇼핑센터는 늦은 밤인데도 붐볐다. 더위를 피할 겸 밤에 쇼핑 나온 사람들일 거였다. 나는 스툴에서 일어나며 무의식적으로 왼손 엄지 첫 마디로 나머지 네 개의 손톱 끝을 훑었다. 문제의 손톱 끝이 아릿했다. 이번에도 무자비하게 자르고 말았다.

  8월 초의 무더위가 날마다 새로운 기록을 세웠다. 방송도 포털도 백 년 만의 더위라고 했다. 내가 세 번째로 진료실을 찾은 날도 기록 경신을 알렸다. 젊은 의사는 더위 따윈 아랑곳없이 뽀송뽀송하고 여전히 명랑했다. 여름이 지나가면 작은 생물들도 호시절이 끝날 터였다. 나는 젊은 의사 앞에 앉아 시간만이 유일한 해결사임을 인정했다.

  그날은 병원에 가느라 귀가가 일렀다. 나는 집에 돌아오자마자 창문이란 창문은 모조리 열어젖혔다. 온종일 닫혀 있던 집은 열기로 후끈거렸다. 서향으로 난 안방과 부엌에 햇빛이 빗줄기처럼 들이쳤다. 해는 서쪽 지평선에 착지만을 남겨놓고 있었지만 마지막까지 이글대며 뜨거운 기운을 내쏘았다. 안방에 놓인 엄마의 장롱과 일인용 침대, 텔레비전까지 훅훅 더운 숨을 토해냈다. 서향 볕이 들지는 않았지만 열기라면 내 방도 지지 않았다. 어쨌든 바람이 불었다.

  엄마는 집에 없었다. 엄마보다 한 살 위라는 동료의 남편이 세상을 떠나 엄마는 퇴근하고 곧바로 장례식장으로 향했다. 발인은 이튿날 아침이었고 엄마는 밤늦게 돌아올 터였다. 손대는 일마다 어긋나곤, 곡기 대신 막걸리를 날마다 아홉 병씩 열 병씩 마셨다는구나. 월 백만 원 남짓한 청소부 아내의 수입에 의존했다는 쉰아홉 살 남편의 목숨을 앗아간 건 간경화였는데, 전날 장례식장에서 자정이 다 되어 돌아온 엄마는 동료에게인지 그녀의 남편에게인지 모를 한숨을 내쉬며 온더록잔에 소주 반병을 따라 약처럼 마셨다.

"술이든 일이든, 그게 다 난리법석인 거거든. 그렇게 죄다 기운을 쓰고 나면, 그다음은 영원히 잠을 자는 거지. 노름인들 안 그렇겠니?"

엄마는 피곤한 중에도 명언 한 말씀을 남기곤 내일 피부과에 꼭 가봐야 한다고 내게 다짐을 두었다. 엄마의 한 말씀 덕에 오랜만에 아버지를 떠올렸다. 정선 카지노의 어설픈 도박사, 공금까지 손댄 구청 공무원은 집으로 돌아오는 대신 카지노에서 가까운 강으로 들어갔다.

전날 밤에 이어 도박사에 대한 기억이 꾸역꾸역 새어나왔다. 엄마와 내가 파묻어버린 불운의 상자 뚜껑이 들썩거렸다. 나는 식탁에 내려놓았던 백팩을 내 방으로 던지며, 꿰져나오던 기억을 툭 끊어 함께 던졌다.

나는 샤워를 하려고 티셔츠를 걷어올렸다. 그때 누군가 현관

밖에서 초인종을 눌렀다. 엄마일 리는 없었다. 현관문을 쏘아보는 사이 초인종을 누른 사람이 제 이름을 알렸다. 곧 수박 조각쯤의 각도로 벌어지던 현관문이 열리자 그 사람이 외쳤다.

"서프라이즈."

희연의 말총머리와 짐을 든 두 손과 두 발과 상체와 하체, 그러니까 몸 전체가 활짝 열린 문 앞에서 출렁거렸다. 솟구치고 휘젓고 춤추듯 팔짝거렸다. 눈, 코, 입, 얼굴 전체가 웃고 있었지만 눈에서는 물기가 넘치려 했다. 나 또한 끌어안을 듯 희연을 향해 달려들었다. 희연은 서울을 떠난 지 한 달 만에 돌아왔고 아직 가방도 풀지 않았다고 했다. 이모 집에서 남은 방학을 보내기로 한 계획은 취소하고 연수를 마치자마자 돌아온 것이었다.

나는 희연이 들고 있던 짐을 받아 식탁에 올려놓았다. 지하철역 앞의 쇼핑센터에서 샀을 열대과일과 여름 과일이 가득 든 바구니 옆에 미국에서 사온 엄마의 칼슘제와 내게 줄 시스템 다이어리를 세워놓았다. 희연이 함께 들고 온 캔맥주 세 개도. 엄마와 나의 작은 식탁은 희연이 가져온 물건들로 절반 넘게 차버렸다. 나는 엄마의 귀가가 늦게 된 사정을 말한 뒤 고맙다고, 엄마가 보면 기뻐할 거라고 엄마 몫까지 인사했다.

내가 그 시간에 집에 있다는 걸 희연이 어떻게 알았는지 궁금했다. 자신의 사설정보망을 약간 가동했을 뿐이라고 희연은 쾌

활하게 대답했다. 우리는 동네 친구이면서 학교 친구였으니 어려운 일은 아니었다. 희연이 집으로 찾아오리라곤 생각지 못했지만. 한바탕 수선이 가라앉자 내 눈이 자꾸 과일 바구니로 향했다. 보는 것만으로도 풍요롭고 향긋했다. 그 때문인지 주방의 낡은 벽지가 더 낡아 보였다.

희연은 안방으로 가 창턱 너머 고개를 내밀었다. 햇빛이 징그럽게 쳐들어왔다. 어쨌거나 바람이 불었다. 나는 선풍기를 강풍으로 높여 희연 쪽으로 돌려주었다. 에어컨이 없다는 사실이 미안했고 미안하다고 생각하는 자신이 마음에 들지 않았다.

"어쩜 전망대가 따로 없네."

희연은 지붕에 대형 볼링핀이 솟아 있는 쇼핑센터를 가리켰다. 우리 집은 다세대주택 이 층이었고 언덕배기에 올라앉아 안방과 주방에선 시내 풍경이 시원하게 내려다보였다. 엄마와 나는 열두 평짜리 그 집을 세내어 살고 있었다. 쇼핑센터는 우리 동네의 랜드마크였다. 볼링핀을 기점으로 보면 어느 방향에 무엇이 있는지 지도처럼 알 수 있었다. 희연은 심야카페가 문을 닫았더라고 했다. 어, 그래? 나는 처음 알았다는 듯 놀란 표정을 지었다. 그새 알아내다니, 과연 멀티태스커네. 나는 희연을 추켜세웠다.

나를 돌아보는 희연의 이마에 송골송골 땀이 맺혀 있었다. 희연이 사온 캔맥주가 떠올라 한 개를 가져와 건네주었다. 희연이 눈짓으로 어째서 하나뿐이냐고 물었다. 대답이 입안에 잠겨 나오지 않았다. 희연은 캔의 꼭지를 따며 방 한가운데로 자리를 옮겼다. 얼굴은 대답을 재촉하듯 나를 향해 있었다. 나는 어깨를 으쓱해 보이곤, 재촉했으니 대답한다는 듯 설레발을 쳤다. 손톱무좀과 술의 상관관계를 들먹이며 자랑하고 싶지 않은 병명을 실토했다.

"뭐, 손톱무좀?"

되묻는 희연의 목소리가 너무 커서 나는 반사적으로 눈을 크게 떴다. 그 말은 꼭 '뭐, 페스트?'처럼 들렸다. 나는 대답을 생략하곤 열린 창 쪽으로 가 한쪽 커튼을 휙 잡아당겼다. 구석에 몰려 있던 커튼핀이 일제히 움직이며 차르르 소리를 냈다. 사이사이 잗다랗게 웨이브진 코발트블루 천이 열려 있던 오른쪽 창문을 가렸다. 방 안은 그늘이 드리워졌고 나도 얼마간 차분해졌다.

"그래, 뭐 페스트는 아니지. 그냥 손톱무좀이야. 의학용어로는 손발톱진균증, 전에는 조갑백선이라 불렀다더라."

나는 의사에게 들은 대로 주워섬겼다. 죄다 가려움증을 유발할 것 같은 이름이었다. 나는 우울해져 문제의 손톱을 들여다보았다. 한 달 치 약봉지를 건네받자마자 식후 삼십 분 규정 따위 잊고 약국에 있는 정수기의 물을 받아 한 회분을 먹던 내 모습이 떠올랐다.

캔맥주 한 개쯤이야 상관있겠냐고 희연이 말했다. 방금 목소리가 커지면서 등 뒤로 돌아가던 희연의 두 손이 잔상으로 남아 지워지지 않았다. 나는 정색한 채 그래, 별 상관은 없을 거야, 말하곤 희연이 들고 있던 캔맥주를 낚아채 벌컥벌컥 들이켰다. 눈 깜짝할 새 캔은 다시 희연의 손으로 넘어갔다. 이내 바람이 불어와 커튼이 너풀거렸다. 누릇한 장판지 위로 그늘과 햇빛이 번갈아 나타났다 사라지곤 했다. 코발트블루와 짝을 이룬 흰색 커튼은 왼쪽 창가에 얌전히 늘어져 있었다. 코발트블루 천이 바람을 품고 날아오를 때마다 햇빛이 빗줄기처럼 쏟아져 들어왔다. 내 눈은 커튼을 따라 함께 너풀거리고 있었다. 그 광경이 어수선하면서도 나는 눈을 떼지 못했다. 희연도 어지럽게 뒤바뀌는 빛과 그늘을 눈싸움하듯 지켜보고 있었다.

희연은 천천히 안방을 나서 부엌 쪽으로 걸어갔다. 안방 방문 앞에서 부엌의 개수대까지는 내 걸음으로 딱 일곱 발짝이었다. 나를 또 까칠하게 하는 건 그 일곱 발짝인지 몰랐다. 나는 코발트블루 천을 다시 가장자리로 밀쳤다. 커튼핀이 일제히 구석으로 몰리며 엄마가 동대문시장에서 떠다 만든 푸른 천이 끌리듯 따라갔다.

"역시 한국의 여름 날씨는 기대를 저버리지 않네."

희연의 목소리는 경쾌했지만 맥이 빠져 있었다. 잠깐 액체가 쫄쫄거렸고 뒤이어 수돗물이 쏟아졌다. 개수대에 떨어지는 물소리가 앙칼지게 발톱을 세웠던 내 안의 못난 고양이를 쫓아냈다. 그 자리를 수치심이 채웠다. 제기랄, 손톱무좀. 쑥 뽑아내고 반달이 선명한 새것을 심고 싶었다. 손톱무좀이 희연과 함께 있으니 진짜 페스트 같았다.

우리는 큰 소리를 내지는 않았다. 식탁 의자에 앉아 희연이 서울에 없는 동안 일어났던 사소한 일들에 대해 떠들었다. 우습지 않은 대목에서도 과장되게 웃었다. 그리 긴 시간은 아니었다. 희연은 곧 장시간 비행의 피로와 시차를 언급하며 현관으로 가 샌들을 신었다. 나 또한 더 놀다 가라는 입에 발린 인사 따윈 건네지 않았다. 우리는 말없이 계단을 내려갔고 지름길로 작은 골목들을 꺾어 돌아 고급 빌라 단지가 건너다보이는 지점에서 서로에게 손을 흔들었다. 그 상황이 당황스럽다기보다는 어리둥절했다. 여느 때처럼 조심스레 닫히던 현관문 소리만 뭔가 비극적인 느낌으로 남아 있었다. 나는 그때까지도 희연의 경쾌한 목소리가 서향 볕이 들이치는 우리 집과는 얼토당토않게 동떨어졌다는 생각만 했다.

나는 가끔 되묻곤 했다. 희연이 뭘 잘못한 걸까. 그런 것은 없었다. 그런 것이 없었기에 나의 지질함은 더욱 적나라했다. 늦은 밤 북한산 밑의 성 같은 빌라 단지에 희연을 바래다주고 돌아오는 길에도 터무니없이 비대했던 어떤 의식이 내 안에서 흐르고 있었을 것이다. 심야카페에서 희연과 보낸 삼십 분들이 대책 없이 나를 낙천적인 얼간이로 만들었을 것이다. 그 비대한 의식은 오랜 시간 엄마와 내가 세상을 감당한 힘이었다. 엄마와 내게 응원군이던 그것이 고작 서향 볕에도 허물어지는 보잘것없는 것이었다는 게 나는 조금 슬펐다.

희연이 우리 집에 다녀간 뒤 내 몸이 먼저 불만을 터뜨렸다. 갑작스러운 복통이 맹장염 때문이라는 건 입원하고 나서야 알았다. 수술 후 회복실을 거쳐 병실로 옮겼을 때 희연이 문병을 왔다. 몇몇 중학교 동창들 틈에 희연이 끼어 있었다.

나는 희연이 다른 친구들보다 일 분이라도 더 머물러주길 바랐다. 물론 내색할 수는 없었다. 희연 또한 일 초도 허용하지 않았다. 희연의 관심은 친구들이 보여준 걱정과 위로보다 넘치지도 모자라지도 않았다. 그들이 가고 난 뒤 나는 정말 가슴에 동굴만한 구멍이 뚫렸다는 것을 깨달았다. 희연의 것도 내 것보다 작지는 않을 거라 생각했다. 하지만 우리는 다시는 늦은 밤 전철을 함께 타지 않았고 여름날의 방문에 대해서도 말하지 않았다. 그리고 2학기가 시작되기 전 희연에게서 시카고로 떠난다는 연락을 받았다. 그녀는 휴대전화를 걸어 애초 계획대로 석사과정은 그곳 대학에서 마치기로 했다고 담담하게 말했다.

이듬해 봄 나는 한 광고회사에 일자리를 구했다. 독립 광고대행사로는 탄탄하다고 알려진 회사였다. 좋은 일이었지만 생각만큼 기쁘지는 않았다. 회사가 시청 근처의 엄마가 일하는 빌딩과 가까운 곳에 있다는 것이 마음에 걸렸다. 여러 광고회사에 이력서를 냈는데 최종 면접까지 통과한 데가 거기밖에 없었다. 나는 엄마의 일을 부끄럽게 여긴 적은 없었다. 하지만 엄마가 일하는 모습을 보고 싶지도 않았다. 내 속을 꿰뚫어본 엄마가 명쾌하게 정리했다.

"야, 어쩌다 부딪친다 해도 신경 쓸 거 없어. 밖에선 넌 그저 이웃 동네 총각인 거야."

이웃 동네 총각 때문에 일을 그만둘 만큼 엄마는 바보가 아니라고 했다. 그렇듯이 이웃 동네 아줌마를 의식해서 애써 구한 직장을 포기하는 이웃 동네 총각도 없을 거라고 했다.

나는 석 달간의 수습 기간을 거쳐 정식 직원이 되었다. 기획부 소속이었고 광고회사답게 야근이 잦았다. 이제는 어쩔 수 없이 쏙독새로 지내야 했다.

회사 부근에서 엄마와 마주치는 일은 실제 거의 없었다. 출퇴근 시간이 다르고 엄마는 엄마가 일하는 건물에 있는 구내식당에서 점심을 먹었기에 동선이 겹치지 않았다. 하지만 회사에 있으면 가끔 엄마 생각이 났다. 지금쯤 엄마는 점심 식사를 마쳤겠지. 동료들과 지하 휴게실에 앉아 달고 진한 믹스커피를 마시며 짧고 나른한 휴식을 취하고 있겠구나, 뭐 그런 생각이었다.

수습 기간이 막 끝났을 때였다. 팀장이 수습을 마친 신입 직원들에게 회사 근처의 한식당에서 점심을 사겠다고 했다. 가격과 음식 종수 모두 점심으로는 무거워서 직원들도 평소에는 잘 가지 않는 식당이었다. 그 식당은 엄마가 일하는 건물의 스카이라운지에 있었다. 선택의 여지가 없었다. 엄마와 맞닥뜨리는 상황을 상상하는 나 자신이 부끄럽기도 했다. 동료들과 함께 다른 날보다 일찍 사무실을 나서 한식당이 있는 건물로 갔다. 회전문을 통과하고 로비로 들어섰다. 정말 맞은편에 '청소 아줌마'가 보였다. 그녀는 정수기 근처에서 대걸레로 바닥의 물기를 닦고 있었다. 나는 거의 본능적으로 감색 작업복 차림의 청소 아줌마에게 소리쳤다.

"엄마."

그녀는 얼굴이 굳어진 채 걸레질을 멈추더니 이내 노련한 배우처럼 대답했다.

"어머나, 엄마가 엄청 미인이신가 보네. 나는 딸만 둘이에요."

동료들의 웃음소리가 로비를 흔들었다. 나도 웃는 듯 우는 듯 따라 웃었다. 그녀는 겸연쩍게 웃더니 대걸레를 들고 재빨리 화장실 쪽으로 사라졌다.

나는 동료들과 엘리베이터를 탔다. 그들의 반응은 짐작대로였다. 모두 한마디씩 농담을 던졌는데 나의 '착각'은 잦은 야근이 불러온 부작용으로 결론이 났다. 나는 웃음으로 그들의 의견에 동의했다. 심지어 대학 때 한 학기 연극반에서 활동한 경력까지 보탰다. 그때 맡았던 작은 배역이 어떤 여자에게나 엄마라고 부르는 바보였다고 했다. 내 입에서 그런 말이 아무렇지 않게 흘러나왔다.

심야카페는 점점 잊혀갔다. 카페는 디브이디방이 되었다가 어느 날 네일아트숍이 되었다가 다시 피부관리실로 변신했다. 내 시계는 회사를 중심으로 돌아갔고 회사 일에 적응할수록 동네와는 멀어졌다. 더욱이 희연이 없는 그곳은 의미를 잃어갔다.

오늘 나는 오랜만에 그 심야카페를 떠올렸다. 희연의 결혼 소식 때문이었다. 벚꽃이 피기 시작했고 결혼하기 좋은 계절이었다. 희연은 월가의 금융회사에서 일하고 있었다. 소식을 전해준 중학교 동창에 따르면 연인 또한 뉴욕 금융지구의 일원이었고 두 살 위의 한국계 미국인이었다. 조건반사처럼 카페에 걸려 있던 사진이 떠올랐다. 아직 그 도시에 가보지 않았음에도 밀레니

엄파크의 조형물은 광화문광장의 동상만큼이나 친숙했다. 문득 조형물에 비친 내 모습이 그려졌다. 나는 그것을 응시하며 나 자신이 지레 패배자의 편에 서는 습관이 있다고 생각했다. 희연이 그 조형물이 있는 도시로 떠난 뒤 종종 해오던 생각이었다. 그때마다 그랬듯이 나는 그 근원이 어디에서 비롯된 것일까도 꽤 진지하게 따져보았다.

어쨌거나 나는 여전히 늦은 밤에 눈이 더 반짝이는 쏙독새로 지내고 있다. 고쳐지리란 기대 따윈 하지 않는다. 밤길을 걷다 보면 '밤의 쏙독새'라는, 영원히 한 팀으로 계속될 것 같던 그 암호 같은 이름이 불현듯 떠오를 때가 있는데 그럴 때면 당연하다는 듯 잠깐 걸음을 멈추게 된다. 우리 동네 뒷산에선 지금도 가끔 쏙독새가 울었다. 언젠가 밤늦게 퇴근해 집에 왔더니 한 놈의 소리가 유난히 크게 들렸다. 엄청 사연 많은 놈인가 보네. 내가 선잠 깬 엄마에게 말했더니 엄마가 허물어진 발음으로 대답했다. 얘는, 지나간 일은 쏙덕쏙덕 잘라버리라고 하잖니.

꼭꼭 숨어라
머리카락 보일라

전나무숲은 우리 집 어디에서나 한눈에 내려다보였다. 한 떼의 새들이 까불거리며 숲으로 날아드는 광경도 당연히 가깝게 볼 수 있었다. 그럴 때의 새들은 어딘지 술래잡기하는 아이들의 모습과 닮은 데가 있었다. 술래 몰래 숨어야 하는 조바심과 지릿함을 감추느라 손으로 입을 틀어막고 키득대는 아이들처럼, 숲을 향해 달려드는 새들의 지저귐에는 참기 힘든 장난기 같은 것이 서려 있었다. 몇 그루의 전나무 우듬지가 가볍게 흔들리고 나면 숲은 이내 고요해졌다. 새들은 정말 술래 새를 따돌리고 전나무 어느 가지를 움킨 채 숨을 죽이고 숨어 있는 것만 같았다. 그게 새들의 술래잡기가 아니라고 누가 말할 수 있을까.

나는 언제나 새들의 술래잡기에 홀리곤 했다. 한여름 오후 잠

기운으로 눈꺼풀이 쇳덩이처럼 내려앉을 때도 그 장면을 보면 빙긋 웃음이 났다. 얼굴이 온통 불만으로 일그러져 나라는 애가 살아 있는 폭약처럼 느껴질 때조차 그것은 싫지 않았다. 우리 집에서 전나무숲이 가장 근사하게 보이는 곳은 옥상이었다. 우리 집은 언덕진 데 지어진 이층집이었고 근경이랄 수는 없어도 전나무숲 너머로 도시의 끝자락이 훤히 눈에 들어왔다. 오른쪽으로 팔만 길게 뻗으면 시의 종합운동장이 덥석 잡힐 것 같았다. 나는 열세 살의 여름방학을 날마다 옥상에서 보내고 있었다. 옥상에, 말하자면 아지트를 세워두고 그곳을 거점 삼아 뜨겁고 긴 긴 여름 낮을 콘크리트 위에서 짓뭉갰다. 내게는 손으로 꿰맸다는 가죽 축구공과 솜씨 좋은 휘파람이 있었고 옥상에서 시간을 보내는 데는 그것으로 충분했다. 축구공과 휘파람이 지겨워지면 옥상 난간에 고개를 빼고 전나무숲에서 술래잡기하는 새들을 지켜보았다. 여동생 미래가 준이든 나든 할머니든 눈만 마주치면 술래잡기를 졸라댔듯이 새들 또한 끝없이 전나무숲을 드나들었으니까.

옥상 한가운데 세웠던 초라한 아지트는 내 열세 살 여름의 전부였다. 그것은 어쩌면 한껏 불통해 있던 나 자신이기도 했다. 중학생이 된 지 한 달도 안 돼 학교를 때려치우겠다는 엄포로 엄마를 들볶던 나였고, 마지못해 다니던 학원을 끊어버리고 성적은 바닥으로 곤두박질쳐 엄마와 할머니를 절망에 빠뜨렸던 나였고, 내 삶이 영원히 그 상태로 멈춰버릴 것 같아 불안에 떨던 나이기도 했다. 아지트가 돼준 건 아빠의 낡아빠진 낚시용 파라솔과 비치의자였다. 옥상 창고에서 찾아낸 아빠의 물건들은 그 여름방학에 얻은 최고의 수확물이었다. 내게 아빠는 앨범의 포켓 비닐 안에서 몇 장의 사진으로만 존재하는 사람이었다. 그런 아빠의 물건이 아직 집 안에 남아 있었다니 믿어지지 않았다. 아빠와 한 팀이 돼 낚시터든 어디든 뭉쳐 다녔을 물건들이. 아빠가 이 세상에서 사라진 시간만큼 색이 바래고 먼지 자국과 곰팡이 얼룩으로 더러워졌지만 그건 아무래도 상관없었다. 준은 곰팡이 얼룩을 가리키며 바퀴벌레의 오줌이라느니, 변해버린 색의 이름을 묻고는 선뜻 대답하지 못하는 내게 색치 조짐이 보인다느니 빈정거렸지만 나는 콧방귀도 뀌지 않았다. 물론 아빠의 물건들이 산뜻한 몰골은 아니었다. 파라솔은 무지갯빛이 흐려질 대로 흐려지고 푸른빛의 비치의자는 처음 색이 연했는지 진했는지조차 가늠하기 어려웠다. 그렇다고 해도 그것들은 아빠의 물건이었다. 나는 얼굴을 사납게 일그러뜨리고 준을 줄일 듯이 노려보았다. 준 따위가 내 마음을 알 리 없었다. 하루에 세 시간씩 내 공부를 봐주면 준의 임무는 끝이었다. 준이 뭐라 해도 오랫동안 옥상 창고의 잡동사니 틈바구니에서 잠들어 있던 아빠의 물건들은 그 여름 내 손에 깨어날 운명이었다. 밤마다 어수선한 꿈을 꾸는 것이 옥상의 고물딱지 때문이라며 치워버리라고 준이 아무리 타박해도 그건 오직 나만이 결정할 수 있는 문제였다.

어느 날 전나무숲 위로 불쑥 애드벌룬이 떠올랐다. 직사각형 펼침막을 꼬리처럼 매단 빨간 풍선 두 개가 헤딩슛을 날리는 축구 선수처럼 고집스럽게 푸른 하늘을 들이받았다. 딱 고만큼 튕겨올랐다가 다시 제자리로 돌아오곤 했다. 나는 옥상 난간에 손을 얹은 채 그것에서 눈을 떼지 못했다. 달아나려다 헛수고만 하는 물고기 같았다. 허공을 날아가 잘 드는 가위로 싹둑 잘라주고 싶었다. 너풀너풀 허우적대던 펼침막이 펴지면서 드러낸 것은 무슨 카페, 뭐라는 캘리그래피 서체의 글자 몇 개였다. 준의 말대로 전나무숲 한쪽 끝이 감싸고 있는 흰색 건물에 전원 카페가 생긴 듯했다. 이윽고 어떤 노랫소리가 들려왔다. 날아갈 거야, 날아갈 거야, 하늘 높이 날아갈 거야, 앨버트로스, 앨버트로스처럼……. 내가 부는 휘파람이 그저 내지르고 싶은 욱한 소리일 뿐이라는 걸 알기나 하듯 노래는 내 휘파람을 아무렇지 않게 삼켜버렸다. 휘파람은 굴욕감도 없이 금세 그 노래의 멜로디에 익숙해지고 있었다.

노래는 연거푸 이어졌다. 나는 비치의자에 퍼더앉아 노래를 따라 휘파람을 불었다. 창고 근처에서 발소리가 멎었다. 벌써 다섯 시였고 오후 공부 시간에 맞춰 준이 내 코를 꿰러 온 것이었다. 준은 옥상의 아지트를 알고 있는 유일한 사람이었다. 담배 때문이었다. 아지트를 만들 무렵 창고 그늘에 쭈그리고 앉아 담배를 피우는 준을 우연히 보았는데 캑캑거리는 꼴이 피워본 품새는 아니었다. 내게 들키면 풍겨놓은 냄새는 수습도 못 하면서 남은 담배를 재빨리 바닥에 비벼 껐다. 준은 이내 딴청을 부렸지만 연기 탓인지 눈물이 그렁그렁 괴어 있곤 했다. 준은 내가 뻐끔담배도 피워본 적이 없다고 생각하는 듯했다. 어쨌거나 그것으로 준과 나는 비밀을 하나씩 나눠 가진 셈이었다.

내가 흉물을 떨 차례였다. 옥상 출입문까지 가는 동안 나는 아지트를 돌아보며 구시렁대고 씩씩거리고 연체동물처럼 흐느적거렸다. 준이 마실 것을 가지러 일 층 구석의 주방으로 내려간 사이에도 날아갈 거야, 날아갈 거야, 휘파람을 불어댔다. 아빠가 나만할 때 지었다는 그 집 이 층의 흔들거리는 목재 계단 난간에 한쪽 다리를 얹고 할머니가 보았다면 뭐이, 할머이 애간장 녹게시리 그게 다 뭐이, 하며 혼이 빠진 얼굴로 뛰어올라왔을 진상을 부렸다. 할머니는 주로 거실에서 텔레비전을 보며 하루를 보냈다. 그즈음에는 소파에 누워 꿈속에서도 고된 일을 하는 사람처럼 휴우, 큰숨을 내쉬며 잠들어 있곤 했다. 할머니는 6월이 되면서 무릎 관절통이 심해져 계단을 오르내리지 못했다. 그 탓에 할머니가 옥상 귀퉁이에 가꾸던 상추와 풋고추도 다 말라 죽고 말았다. 근처 상설할인매장에서 아동복가게를 하는 엄마는 집안일에는 없는 사람이었고, 나 같은 불퉁이가 옥상까지 물을 길어다 채소를 돌볼 리도 없었다. 혹 모르겠다. 준이 우리 집에 좀 더 일찍 왔다면 그때까지 살아 있었을지도. 청소나 설거지 따위 할머니의 일을 싹싹하게 돕던 준이라면 그대로 죽어가도록 내버려두지는 않았을 것이다. 준이 우리 집에 온 것은 6월이 다 갈 무렵이었다.

미래가 재잘거리며 주방에서 준의 뒤를 따라 나왔다. 음료수 잔을 받친 쟁반을 든 준의 뒤로 미래의 연둣빛 원피스가 나풀거렸다. 나는 계단 난간에서 다리를 내리고 날쌔게 내 방으로 뛰어들었다. 미래는 대개 할머니 옆에서 잠들어 있거나 텔레비전 만화영화를 보았다. 그 애는 이 층에 있는 내 방까지 쫓아와 술래잡기를 하자고 졸라댈 게 뻔했다. 학생 때 아빠의 방이었다는 내 방에서도 전원 카페의 노랫소리가 들렸다. 열려 있는 창 너머로 전나무숲이 내려다보였다. 계단 어디쯤에선가 준이 미래를 달래고 있었다. 곧 미래가 울음 섞인 목소리로 외쳤다. 언니, 이따 꼭 놀아줘야 해. 진모 오빠, 술래잡기 꼭, 꼬옥이야.

미래는 겁이 많은 아이였다. 그 애는 옥상에 올라오지 않았다.

미래 같은 겁보를 돌려내는 건 일도 아니었다. 엄마를 기다리다 우물에 빠져 죽은 귀신 이야기나 학교 귀신 이야기 같은 건 들먹일 필요도 없었다. 다섯 살의 미래는 그저 옥상에 귀신이 있다는, 너 같은 꼬마들만 잡아먹는 무서운 귀신이 산다는 소곤거림만으로 잔뜩 겁을 먹었다. 미래는 엄마와 삼촌의 손 하나씩을 차지하고 풀쩍 뛰어오를 때 가장 행복한 웃음을 웃었다. 엄마의 화장대 서랍에 있는 사진 속에서도 미래는 그런 웃음을 웃었다. 어딘가 바닷가재 요리가 놓인 레스토랑이거나 여행지에서 삼촌에게 안겨 찍은 사진이었다. 한 번도 쓴 적 없는 오래된 가계부 갈피 안에서 미래는 조그만 머리에 기대오는 엄마와 삼촌의 머리통이 우스워 견딜 수 없다는 듯 짤따란 젖니를 드러내고 환하게 웃고 있었다. 그럴 때는 미래가 겁보라는 게 믿기지 않았고 나는 겁보가 아닌 미래에게 미움을 느꼈다.

    우리 집에 준이 온 건 삼촌의 의견에서 비롯됐다. 엄마는 삼촌 말대로 여름 동안 내게 1학기 과정을 보충해줄 대학생을 알아보았다. 지방 어디 출신이라는 준은 지낼 곳이 필요했다. 여름방학을 앞두고 룸메이트가 사정이 생겨 원룸을 떠났는데 준 혼자서는 월세를 내기가 벅찼기 때문이었다. 방학이라 새 룸메이트를 구하기도 어려웠다. 재수 없을 만큼 말투가 또박또박한 말라깽이 준은 엄마와 어떤 타협이 있었는지 캐리어를 끌고 우리 집으로 들어왔다. 나는 엄마가 내 문제를 삼촌과 의논하는 게 싫었다. 내 항의에 엄마가 다독이듯 말했다. 삼촌이 네 걱정을 얼마나 하는데. 내가 삼촌에 대해 아는 것은 서울에서 아동복 공장을 한다는 것뿐이었다. 우리 집에 온 준은 한글 공부를 시작한 미래에게 동화책을 읽어준 첫 번째 사람이었다. 어쩌면 유일한 사람일지도 몰랐다.

한차례 소나기가 쏟아지고 난 뒤 밤에는 선선한 바람이 불었다. 풀벌레 소리가 들려오기 시작했다. 엄마의 가게가 여름옷을 할인 판매할 때라는 뜻이었다. 매장은 가을 상품으로 채워졌지만 남아 있던 여름옷을 싼값에 팔고 있었다. 경기가 안 좋아 다들 지갑을 열지 않는다는 말을 엄마는 달고 살았다. 엄마가 새벽에 출근한 날 아침 식탁에서 할머니가 내게 심부름을 시켰다. 오전 공부 마치고 엄마에게 점심밥을 전해주고 오라고 했다. 내 입이 닭똥구멍처럼 불거졌다. 나는 초등학교 졸업과 함께 가게와는 빠이빠이한 처지였다. 할머니가 나를 보며 결정적 한 방을 날렸다. 네 어머이, 돈 버느라 뼈가 삭는다 말이다. 한 끼는 집밥 먹게 해줘야 할 거 아닌가. 정오가 가까워질 무렵 나는 자전거 바구니에 엄마의 점심을 실었다.

엄마의 가게는 도시의 중앙로가 가지친 큰길 네거리 부근에 있었다. 큰길 쪽에서는 전나무숲이 보이지 않았다. 그 위에 떠 있을 빨간 풍선 두 개가 푸른 물에 던진 작은 과일처럼 멀리 앙증맞게 바라다보였다. 나는 엄마의 가게 코앞까지 가서 문득 자전거를 멈췄다. 휘파람도 동시에 멎었다. 옆 가게는 숙녀복 매장이었다. 나는 인도에 내놓은 여름 숙녀복 행어 아래 몸을 숙였다. 엄마가 가게 밖에 나와 삼촌과 이야기를 나누고 있었다. 선글라스를 낀 삼촌에게 엄마는 활짝 웃었고 삼촌의 손이 토닥토닥 엄마의 등을 두드렸다. 엄마는 예쁘고 싱싱해 보였다. 삼촌은 곧 가게 앞에 세워진 까만 자동차 속으로 사라졌고, 나는 몸을 구겨 행어 끄트머리로 기어갔다. 중학생이 된 뒤로는 삼촌을 만난 적이 없었다. 반년 만에 보는 삼촌은 배가 좀 더 부풀었고 머리숱이 적어진 것 같았다. 삼촌이 입고 있던 옅은 분홍빛 셔츠가 잔상을 남겼다. 나는 왠지 삼촌의 셔츠에 침을 뱉고 싶었다. 삼촌 차의 꽁무니를 따라가던 엄마의 시선이 가게로 향했다. 엄마의 얼굴은 평소의 피곤한 모습으로 돌아가 있었다. 엄마의 가게 앞에도 아이들의 여름옷이 행어에 줄줄이 걸려 있었다.

숙녀복 매장으로 세 번째 손님이 들어갔을 때 자리에서 일어났다. 엄마에게 점심밥을 건네며 공연히 퉁명스럽게 굴었다. 시간제로 가게 일을 돕는 엄마의 친구가 내 눈치를 살피고 나서 말했다. 진모가 사춘기를 맞은 거야. 사내애들은 너나없이 무뚝뚝해지지. 우리 아들은 면도를 시작했다고 아줌마가 한마디 더 보탰다. 그 애도 나와 같은 학년이었다. 엄마가 나를 처음 보는 사람처럼 물끄러미 바라보았다. 봄부터 목이 컬컬해지고 목소리가 갈라져 나왔다. 그것을 목감기로 착각할 만큼 내가 뭘 모르는 애는 아니었다. 코 밑에도 수염이 거뭇해졌고 내 몸은 털들이 돋아나느라 아우성쳤다. 엄마의 눈에 해석하기 힘든 어떤 빛이 스쳐갔다. 두려움이나 서먹함, 혹은 그 두 가지가 섞인 미세한 떨림 같은 빛이었다. 엄마가 낮은 목소리로 입을 열었다. 어쩜 넌 갈수록 네 아빠랑 똑같아지는구나. 할머니도 망연한 표정으로 그런 말을 할 때가 있었다. 할머니, 나는? 미래가 물으면 당황해서 너는 엄마를 쏙 뺐다고 얼버무렸다. 엄마는 삼촌이 다녀간 일에 대해 말하지 않았다. 나도 삼촌을 보았다고 말하지 않았다.

나는 엄마의 가게를 나와 상설할인매장 골목을 벗어났다. 한낮의 볕이 쨍쨍했다. 큰길로 나서자 멀리서 빨간 풍선 두 개가 자맥질하듯 나타났다가 사라지곤 했다. 그것은 등대처럼 가야 할 방향을 알려주었다. 나는 큰길에서 실핏줄처럼 퍼진 조붓한 길 하나를 잡아 자전거를 달렸다. 목적지는 전나무숲이었다. 어째서 이제야 가보기로 했을까. 가보지 않았는데 왜 숲에 대해 다 알고 있다고 여겼는지 이상했다. 숲으로 가는 동안 나는 엄마와 삼촌을 생각했다. 내 안 어디선가 자라난 거친 갈기가 엄마와 삼촌을 후려치고 있었다. 삼촌을 처음 본 게 언제지? 미래가 태어난 뒤? 엄마가 '삼촌'에게 인사하라고 했었지. 그게 뭐 어쨌다는 것일까. 나는 내 속에서 벌어지는 전쟁을 더는 설명하지 못했다. 전나무숲에 가면 보물찾기처럼 어떤 답을 찾아낼 수 있을까. 숲이 눈앞으로 다가왔다. 등에서 지렁이 같은 땀이 흘렀다.

 내 눈높이의 숲은 수많은 기둥뿐이었다. 가지를 뻗거나 옆구리에 초록색 잎이 달린 기둥들이 사이사이 끼어 있었다. 고개를 젖히고 우듬지를 올려다보았다. 까마득했다. 새들은 보이지 않았고 간간이 그것들이 지저귀는 소리만 귀에 들렸다. 숲은 흐리고 침침했다. 집에서는 선명하던 숲의 윤곽이 그곳에서는 가장자리가 어디인지도 헤아리기 어려웠다. 한번 숨어들면 누구에게도 영영 들키지 않을 것 같았다. 술래잡기하기에 이보다 좋은 곳이 있을까. 하지만 누구에게도 들키지 않는 술래잡기라면 그건 술래잡기가 아니었다. 그러니까 새들이 다시 우우 숲 밖으로 몰려나왔겠지. 미래가 떠올랐다. 미래라면 숲에서의 술래잡기를 신나 할 게 분명했다. 미래는 늘 집 안 이곳저곳에 숨어들며 저를 찾아보라고 했다. 숲이라서 겁을 내려나? 미래는 겁보니까. 준이 함께 오면 되지. 오빠와 준이 있는데 무서울 게 뭐야. 재미만 있을 테지. 나는 술래가 되어 새들처럼 미래를 키득거리게 해주고 자릿하게 해줄 수 있었다. 그래, 소풍 그거 좋다. 방학이 끝나기 전에 소풍을 오자.

 배가 고팠다. 허기 탓에 더는 생각을 진전시킬 수 없었다. 새로운 계획 하나를 찾은 것으로 나는 만족했다. 전나무숲에서 집으로 가는 길은 언덕진 데다 제대로 난 길이 아니었다. 나는 잡풀을 피해 땅 쪽을 골라가며 자전거를 끌었다.

 오후의 옥상은 늦여름 볕에 한껏 달궈져 있었다. 나는 비치의자에 눈을 감고 누워 있었다. 집에는 나 혼자뿐이었다. 준은 오전에 1학기 영어 교과서 한 단원을 복습해주곤 외출했다. 집에만 붙어 있던 준이 보이지 않자 지구가 텅 빈 것 같았다. 할머니도 오랜만에 미래를 데리고 이웃에 놀러 갔다. 우리 집에서 내 걸음으로 마흔다섯 발짝 떨어진 납작한 기와집이었다. 벽돌담 앞에 먼지를 뒤집어쓴 채 피어 있는 접시꽃이나 늙고 **빼빼** 마른 감나무가 색 꺼진 초록 지붕과 어울려 사람보다는 도깨비가 살 것 같은 집이었다.

 양옥이라는 점만 다를 뿐 우리 집도 자랑할 만한 모습은 아니었다. 도시 외곽지대인 그곳에도 나날이 아파트가 늘어가고 있었다. 땅값이 오르니 좋지 뭐이, 우리 진모에게 줄 거라곤 집 하나뿐인데 안 좋을 게 뭐이. 부근에 얼마간 있었다는 땅은 아빠의 병원비를 대느라 다 팔았다고 했다. 할머니는 나를 우리 집 대주라고 불렀다. 비치파라솔의 그늘이 왼쪽에 와 있었다. 팔다리에 전해지는 열기로 그것을 알 수 있었다. 나는 바다에 가본 적이 없었다. 우리 집 대주가 여름 물가와 겨울 불 옆에 함부로 가서는 곤란했다. 나는 상상했다. 나는 바닷가에서 모래찜질을 하고 있다. 목까지 뜨겁고 마른 모래가 덮여 있다……. 그러자 실제 모래밭에 누워 있는 듯 등이 비치의자를 파고들었다. 햇볕이 습기를 다 말려버렸고 바람도 살랑살랑 불어왔다.

  나는 꿈에서도 모래찜질을 하고 있었다. 꿈속으로 아득히 노랫소리가 울려왔다. 날아갈 거야, 날아갈 거야, 하늘 높이 날아갈 거야. 어렴풋이 담배 냄새가 느껴졌다. 준이 창고 그늘에서 캑캑거렸고 그건 꿈이 아니었다. 완전히 정신을 차렸을 때 준은 재빨리 담배꽁초를 휴지에 싸고 있었다. 나는 오전의 열불이 되살아나 벌떡 일어났다. 할머니한테 나만 의심받잖아. 나중에 대학 가서 배우라는데, 입이 근질거려 얼마나 혼난 줄 알아? 준이 외출한 뒤 할머니는 담뱃갑이 전보다 빨리 홀쭉해진다며 나를 타일렀다. 우리 대주가 벌써 담배를 먹는다면 할머니는 무척 속상할 거라고 했다. 알고 있었구나. 준이 맥없이 웃었다. 그럼 내가 바본 줄 알아? 나는 소리를 질렀으나 준의 웃음에 덩달아 맥이 빠졌다. 준의 눈에 그렁그렁 눈물이 괴어 있었다. 진짜 눈물이었다. 나는 어쩔 줄 모르다가 준에게 퉁명스레 쏘아붙였다. 담배도 못 피우는 주제에. 노랫소리도 꿈이 아니었다. 나는 입술을 오므려 휘파람을 밀어내곤 창고 옆에 있던 축구공을 뻥 찼다.

준은 옥상 난간을 향해 갔다. 나는 구석으로 달아난 축구공을 반대쪽으로 차낸 뒤 발로 굴리며 옥상을 누볐다. 준은 난간 앞에서 팔짱을 낀 채 전나무숲 너머 어딘가를 보고 있었다. 나를 끌어내려 올라왔을 준답지 않았다. 있지도 않은 벼룩을 들먹이며 옥상에서 그만 철수하라고 협박하는 편이 훨씬 준다웠다. 그러면 나는 나답게 악쓰며 대답했을 터였다. 쥐뿔도 모르면서. 벼룩이 어떻게 생겼는지 보기나 했어? 어쩐지 말라깽이 준이 울고 있는 것 같았다. 어깨를 들썩이지도 않았고 코를 훌쩍대지도 않았는데. 나는 천천히 준에게로 공을 몰았다. 실수로 공이 그쪽으로 간다는 듯 짐짓 엇박자로 몰았다. 전원 카페에서 다시 그 노래가 흘러나왔다. 나는 그저 날아가고 싶다는 그 노래를 목소리로 부르며 준의 옆에 멈춰 섰다. 빨간 풍선 두 개가 꼬리를 끌며 고집스럽게 파란 하늘로 튀어올랐다.

준이 코웃음을 친 건 그때였다. 커다란 코웃음이었다. 준은 평상시의 준으로 돌아가 있었다. 준이 말했다. 너, 정말 애늙은이구나. 나는 뜻밖의 반격에 입술만 실룩거렸다. 너, 이거 언제 적 노래인지 알기나 해? 제목이 뭔지나 아냐고? 둘 다 생각해본 적 없는 문제였다. 나는 굴하지 않고 냉큼 대답했다. 하나는 알아맞

힐 수 있을 것 같았다. 앨버트로스처럼 날아가고 싶다잖아. 그럼 제목이야 뻔한 거지. 준이 내 말을 받았다. 하긴 네가 이 노래 제목을 알아서 뭐 하겠니. 나한테도 구닥다린데. 준의 엄마가 준의 나이 때 유행한 노래라는 것이었다. 준의 엄마? 나는 준을 빤히 쳐다보았다. 그래, 엄마. 준이 말했다. 컸으나 갈라진 목소리였다. 나는 준의 엄마 따윈 궁금하지 않았다. 준이 창고 그늘에 쭈그리고 앉아 서툰 담배나 피우는 데는 그만한 이유가 있는 거였다. 내가 옥상의 땡볕 아래 축구공을 차고 휘파람을 불고 새들의 술래잡기에나 홀리는 것처럼. 나는 다른 것을 물었다. 전부터 물어보려던 것이었다. 근데 이름이 왜 준이야? 난 처음에 남자 대학생인 줄 알았거든. 준이 잠깐 망설이는 기색을 보이더니 입을 열었다. 아마도 6월에 태어나서? 내 추측일 뿐이지만. 준은 입을 다물었다. 뭐라는 거야? 나는 짜증을 냈다.

준이 두 손으로 내 팔을 잡았다. 난 〈그래비티〉라는 노래를 좋아해. 중력이라는 뜻이지. 그러니 일단 오늘 몫의 공부부터 하자고 준이 말했다. 뭐라는 거야? 나는 얼굴을 붉히며 팔을 뺐다. 준은 옥상을 가로질렀고 나는 순순히 뒤를 따랐다. 준과 실랑이를 벌이지 않은 매우 드문 날이었다. 내 방학은 두 주일쯤 남아 있었다. 준은 학교 근처에 지낼 데를 알아보고 있었다. 오전에 외출한 것도 그 때문이었다. 그래서 찾았어? 내가 물었다. 마침

룸메이트를 구하는 친구가 있어 만나보고 온 거야. 그곳에서 지내게 될 것 같아. 준이 대답했다. 떠나기 전에 소풍이나 가자고 준에게 말했다. 미래와 함께 전나무숲으로 가자고 했다. 술래잡기하기에 아주 좋은 곳이니까. 그래, 소풍 다녀와서 아지트도 철수해라. 준이 말하곤 주먹으로 내 정수리 부근을 툭 쳤다.

 엄마가 놀이공원에 가자고 했다. 여행 삼아 좀 멀리 지방으로 갈 예정이었다. 가게의 할인 기간이 끝나는 주말에 엄마가 또다시 내게 물었다. 함께 갈 거지? 화요일에 삼촌과 미래와 함께 즐거운 하루를 보내자고 했다. 화요일은 상설할인매장이 격주로 쉬는 날이었다. 정기 휴무일을 빼곤 엄마는 달리 휴가를 쓰지 않았다. 엄마는 늘 잠이 모자랐다. 쉬는 날도 거의 침대에서 시간을 보냈다. 엄마를 들볶을 때조차 엄마의 잠과 먼저 싸워야 했다. 이 더위에 무슨 놀이공원? 옥상의 날건달 주제에 그것은 또 미친 짓처럼 여겨졌다. 진모 방학 끝나기 전에 다녀오려는 거야. 엄마 친구가 옆에서 거들었다. 나는 완전 새사람이 됐다는 듯 대꾸했다. 2학기 때 헤매지 않으려면 공부해야 해요. 저 나이 때는 저희끼리 노는 게 더 재미있다고, 엄마 아빠 따라다닐 시기는 다 지나버린 거라고, 아줌마가 엄마와 내 눈치를 살피며 말했다. 나는 아줌마에게 고개를 꾸벅 숙여 보이곤 그대로 가게를 나왔다.

삼촌이 내 아빠가 아니라는 건 아줌마가 더 잘 알잖아요. 나는 이 말을 삼켰고 삼켜버린 말 때문에 속이 울렁거렸다. 화요일이면 사흘 뒤였다. 전나무숲에 소풍도 가야 하는데. 나는 가게 앞에 세워놓은 자전거 스탠드를 걷어찼다. 할머니 때문에 시작한 점심 배달도 이제는 끝이었다.

  화요일 아침에 삼촌이 엄마와 미래를 데리러 왔다. 집 근처 어디에 자동차를 세워놓고 기다리고 있는 듯했다. 나는 뚱한 얼굴로 이 층 계단 위에 서서 아래층을 내려다보았다. 멜빵 청바지에 노란색 챙모자를 쓴 미래가 할머니 손에서 놓여나 현관문을 열고 달려 나갔다. 분홍색 어린이 크로스백이 허리께에서 달랑거렸다. 잘 놀다 오라는 할머니의 말이 현관문에 갇히며 혼잣말이 되었다. 할머니는 우두커니 현관문을 바라보았다. 곧 한 손에 캠핑가방을 든 엄마가 거실에 나타나 다른 쪽의 숄더백을 추스르며 나를 향해 소리쳤다. 진모, 공부 열심히 해. 크기만 했지 다짐을 두는 목소리는 아니었다. 앞머리에 선글라스를 얹고 꽃무늬 반바지에 민소매 티셔츠를 입은 엄마는 아무리 안 그런 척해도 싱싱하게 살아나 있었다. 우리 식구를 먹여 살리느라 지친 엄마는 어디에도 없었다. 죄송해요. 엄마가 할머니에게 말했다. 무사허게 잘 놀다 오라. 할머니가 바깥쪽으로 손을 내저었다. 할머니 옆에서 준이 양손을 모으고 엄마에게 고개를 숙였다.

나는 일 층에 관심을 끄고 내 방으로 몸을 돌렸다. 뜨겁고 습기 없는 날씨라 그늘에서는 쾌적했다. 이런 날씨라면 놀이공원도 가볼 만할 것 같았다. 미래는 어려서 롤러코스터나 자이로드롭은 타지 못할 것이다. 엄마와 삼촌의 손을 잡고 자지러지게 웃는 미래가 머릿속을 떠다녔다. 나는 미래가 내 방에 놓고 간 귀 늘어진 토끼 인형을 집어 벽에 던졌다. 오빠도 신나게 해줄 수 있단다. 우리에게는 소풍이 있으니까. 미래는 숲에서의 술래잡기를 손꼽아 기다렸다. 목요일에 갈까? 아니면 금요일? 토요일? 준이 떠나기로 한 날은 일요일이었다.

다음 날 눈을 떠보니 방이 지나치게 환했다. 준이 빼꼼 문을 열고 아침밥부터 먹자고 했다. 오전 공부 시간이 가까워지고 있었다. 준은 떠날 때가 돼서 늦잠을 자는데도 내버려둔 듯했다. 식탁에 갔을 때 엄마는 가게에 나가고 없었다. 엊저녁 엄마와 미래는 밤늦게 돌아왔다. 기척을 들었으나 나는 깊은 잠이 든 척했다. 준이 세수한 미래를 욕실에서 데리고 나왔다. 그때까지 엄마 말고는 아무도 아침밥을 먹은 사람이 없었다.

미래는 식탁에 앉자마자 놀이공원 이야기를 재재댔다. 처음 가본 놀이공원이 하룻밤을 자고 난 뒤에도 여전히 미래를 들뜨게 했다. 토끼와 양은 미래가 내미는 풀을 맛나게 먹었고, 물개는 공놀이하며 재주를 부렸고, 캥거루는 콩콩 뛰어다녔다. 미래는 캥거루 흉내를 내느라 팔을 뻗고 몸을 들썩였다. 할머니와 준이 반 넘게 비우고 내 밥그릇이 바닥을 보일 때까지 미래의 밥공기는 줄어들지 않았다. 삼촌이 미래를 안고 회전목마를 탔으며, 워터파크에서는 파도를 탔다. 가끔씩 멈춰 있던 작은 숟가락이 다시 내려가며 미래는 물놀이 이야기를 계속했다. 삼촌이 안아주니까 큰 파도가 몰려와도 하나도 무섭지 않았어요. 미래의 분홍색 입술이 앙증맞게 움직이는 동안 그 애의 눈도 흘러넘친 웃음으로 가늘어졌다. 그때 할머니의 엄한 목소리가 주방을 울렸다. 미래, 고만 입 다물고 밥 먹으라. 미래가 놀란 눈으로 할머니를 쳐다보았다.

  나는 개수대에 빈 밥공기를 집어넣었다. 할머니가 자리에서 일어났다. 준이 할머니에게 왜 식사를 그만하시냐고 물었다. 할머이가 여름 더위에 입맛을 잃었으이 그렇지. 할머니는 아무 일도 없었다는 듯 평상시의 어조로 말했다. 할머니는 그해 여름에 입맛을 잃은 적이 없었다. 할머니는 막 개수대를 벗어나려는 나에게로 왔다. 관절염 탓에 천천한 걸음이었다. 할머니는 앙상하게 드러난 내 어깨를 어루만지며 우리 대주 가을에 보약 지어 먹자고, 녹용도 넣고 산삼도 넣고 좋은 거 다 넣어서 보약 지어 먹고 평생토록 아프지 말자고 했다. 어머이가 엊저녁에 그러기로 다 약속했으이 머. 속에서 욱하고 뜨거운 것이 치밀어올랐다. 나는 할머니가 대주라 부르는 것이 싫었고 보약은 더 싫었다. 그런데도 그 순간 뭐라 토를 달 수 없었다.

준이 미래의 밥을 떠서 김에 싸주었다. 미래는 새 새끼처럼 그것을 입에 넣고 오물거렸다. 다음에는 멸치, 그다음에는 그 애를 꾀어 시금치나물을 숟가락에 올렸다. 미래는 국을 한 모금 먹고 나서 놀이공원 이야기로 돌아갔다. 삼촌이, 삼촌이, 그래서 삼촌이, 끝없이 이어지는 미래의 이야기를 들으며 나는 주방을 나와 이 층으로 가는 계단을 올랐다.

나는 휘파람을 불며 창밖을 내다보았다. 전나무숲은 고요했고 종합운동장의 지붕까지 도시 끝자락이 시야에 들어왔다. 빨간색 애드벌룬 한 쌍이 꼬리를 끌며 하늘을 치받고 있었다. 이제는 다섯 시가 돼도 전원 카페에서 노래를 틀지 않았다. 준이 구청에 민원을 넣었기 때문이었다. 시끄러워서 그랬다고 했다. 내가 항의했다. 자기는 떠날 거면서. 난 그 노래 좋아한다고. 준의 얼굴에 그늘이 지나간다 했더니 이내 나를 툭 치며 말했다. 노랫말이 마음에 들지 않아. 난 〈그래비티〉를 좋아해. 나는 준에게 고개를 빼고 소리쳤다. 중력, 중력, 중력 추종자. 어쨌든 그 노래의 멜로디는 입술에 찰싹 붙어 있었다. 앨버트로스처럼, 앨버트로스처럼. 이 부분은 고음이라 한껏 힘을 주어야 했다.

방금 수학 마지막 단원까지 마친 참이었다. 준과 약속한 공부는 그것으로 모두 끝났다. 준은 하이파이브를 하곤 제 방으로 돌아갔다. 소풍이 내일로 다가와 있었다. 토요일의 소풍이었다.

나는 볼캡을 눌러쓰고 일 층으로 내려갔다. 할머니가 소파에 앉아 한쪽 주먹으로 무릎을 두드리며 통화를 하고 있었다. 색 꺼진 초록 지붕집 할머니인 듯했다. 진모 어머이, 돈 버느라 뼈가 삭지 뭐이. 할머니의 기분이 좋은지 어떤지 가늠할 수 없었다. 어른이 된다는 건 포커페이스의 달인이 된다는 뜻일지도 몰랐다. 할머니에게 손짓으로 엄마의 가게 쪽을 가리켰다.

상설할인매장 골목은 한산했다. 가게 안 매대에 진열된 아이들의 가을옷을 정리하던 엄마가 나를 맞았다. 엄마의 가게도 손님 없이 조용했다. 친구 아줌마는 휴가였다. 엄마가 계산대 앞에 놓인 스툴에 앉으라고 했다. 엄마도 계산대로 오면서 무더위에 공부하느라 애썼다고 말했다. 엄마는 계산대 안쪽으로 들어가 의자에 앉았다. 2학기에는 문제가 없을 거라고 준에게 들었을 이야기를 했다. 그래서 얼마나 기쁜지 모른다고, 제자리로 돌아온 아들이 대견하다고 했다. 엄마는 놀이공원, 하고 말을 떼더니 이내 입을 다물었다. 내가 함께 가지 않아서 섭섭했다거나 뭐 그런 이야기일 거였다. 대신 내가 물었다. 근데 무슨 일인데요?

엄마는 물끄러미 계산대를 내려다보았다. 이윽고 엄마가 내 이름을 불렀다. 잠깐 당황했을 만큼 다정한 목소리였다. 중학생이 된 뒤로 엄마가 그렇게 부른 것은 처음이었다. 배고프지? 뭐 시킬까? 진모 좋아하는 탕수육? 엄마는 맛집이라며 근처 중식당의 이름을 댔다. 나는 고개를 저었다. 저녁은 집에 가서 먹을게요. 엄마 얼굴에 실망한 표정이 지나갔다. 그래?

나는 스툴에서 일어났다. 진짜 배가 고파서 집에 가려고 했다. 진모야, 하고 엄마가 다시 나를 불렀다. 이번에는 계산대 밑에서 쇼핑백을 꺼냈다. 안에서 검은색 포장의 선물 상자가 나왔다. 면도기야. 엄마가 말했다. 삼촌이 너랑 얼마나 친해지고 싶어 하는데. 엄마가 내 손에 선물 상자를 쥐여주었다. 선물 상자는 휴지통으로 날아갔다. 일 초도 안 걸렸다. 그것은 휴지통으로 명중해 들어갔다. 삼각지붕 모양의 휴지통 덮개가 내가 무슨 짓을 했는지 증명하듯 양쪽으로 팔랑거렸다. 나는 출입문 쪽으로 냅다 달려갔다. 엄마가 내게 뭐라 했을 테지만 아무 말도 들리지 않았다. 분명한 것은 엄마가 가게 밖까지 나를 따라 나오지는 않았다는 사실이었다.

이상할 만큼 마음이 차분하게 가라앉았다. 물론 내 행동을 옹호할 마음도 없었다. 나는 자전거를 끌며 상설할인매장 골목을 지나갔다. 더는 골목을 오가며 휘파람을 불어대던 아이로는 돌아갈 수 없을 것 같았다. 입술 다문 아이가 휘파람 불던 아이에게 말했다. 너는 못생긴 번데기에 지나지 않아. 휘파람 불던 아이가 말했다. 남에 대해 함부로 안다고 말하지 마.

골목 초입에 이르렀을 때 누가 나를 불러 세웠다. 저기 학생, 뭘 좀 물어볼게요. 스포츠용품 매장 앞에 세운 흰색 자동차에서 어떤 여자가 내렸다. 엄마 또래로 보였으나 엄마처럼 피곤한 기색이 담기지 않은 아줌마였다. 숙녀복 매장에서 마네킹이 입고 있는 옷들처럼 단정한 정장 차림새였다. 여자는 아동복가게가 어디에 있는지 아느냐고 물었다. 어떤 아동복가게요? 나는 가슴이 뛰어 되물었다. 나는 가끔 누군가, 특히 엄마 또래 아줌마가 저기 옷가게 하는 분이 너희 엄마니? 하고 묻는 상상을 했고, 그럴 때마다 어떻게 대답해야 할지 몰라서 쩔쩔매곤 했다. 나에게 그런 질문을 하는 아줌마라면 엄마나 미래는 말할 것도 없고 나에 대해서도 훤히 알고 있을 것만 같았다. 어린이 옷을 사려고 하는데 초행이라 길을 물었다고 여자가 말했다. 상설할인매장에 아동복가게는 여러 곳이 있었다. 골목과 맞닿은 도로의 횡단보도 건너편에도 있었다. 엄마의 가게와는 제법 떨어진 거리였다. 나는 여자에게 횡단보도 건너편을 가리켰다. 잘 보세요. 저기 골목에 들어가시면 커다란 매장이 두 개나 나와요.

해가 서쪽에 있었지만 어둡기까지는 한참 남아 있었다. 나는 전나무숲으로 페달을 밟았다. 배가 고프다는 것도 잊었다. 그새 그곳에 몇 차례 가본 적이 있었다. 실핏줄처럼 얽힌 길들은 신기하게 모두 숲으로 통했다. 숲은 처음처럼 볼품없는 데는 아니었다. 이제는 빨간 풍선을 보지 않아도 찾아갈 수 있었다. 큰길에서 구불구불한 물류창고 길로 접어들었다. 그대로 전나무숲까지 달려갔다. 숲은 한낮에 볼 때보다 더 흐리고 침침했다. 나는 자전거를 세우고 숲을 향해 오솔길에 앉았다. 온몸에 땀이 흘렀으나 더위는 풀이 꺾여 있었다.

길을 묻던 아줌마는 횡단보도 건너편으로 갔을까. 설명할 수 없는 불안감이 스멀스멀 올라왔다. 엄마를 슬프게 했다는 사실보다 나는 어떤 상상으로 머리가 아파오기 시작했다. 생각을 지우려 고개를 흔들었다. 길을 묻는 아줌마는 어디에나 있을 것이었다. 이럴 때는 잠을 자 생각들도 함께 잠재워야 하는데. 옥상의 아지트가 그리웠다. 나는 여름 동안 비치의자에 비스듬히 누워 잠을 청했듯 오솔길 가까이에 있는 소나무에 등을 기댔다. 눈을 감았으나 잠이 오지는 않았다. 숲의 색이 점점 짙어지고 있었다. 내일은 소풍이 기다리고 있고 술래잡기도 해야 했다. 미래를 신나게 해주어야 했다. 이 숲의 가장 깊은 곳에 숨게 할 터였고 미래에게는 더없이 자릿한 술래잡기가 될 터였다.

나는 내일의 술래잡기를 연습하듯 한 발 한 발 숲으로 들어갔다. 오싹 찬 기운이 몸에 끼쳤다. 새들의 소리가 연신 들려왔다. 그것은 마치 술래 새에게 나 여기 있지, 하고 놀려대는 소리 같았다. 나는 술래 새인 양 그중 가장 작고 명랑한 소리를 찾아 조심스럽게 몇 발짝을 떼었다. 새는 전나무 어딘가에 열매처럼 매달려 꼭꼭 숨어 있을 거였다. 그러나 미래의 종알거림을 닮은 새소리는 뚝 그쳤고 방향을 가늠할 수 없는 곳에서 다른 새들이 지저귀었다. 나는 충충한 숲 한가운데를 향해 갔다. 잡풀이 서늘하게 발목에 감겼다. 어떤 새가 휘파람 소리를 냈다. 어떤 새의 소리는 진모 뭐이, 할머이 애간장 녹게시리 숲에서 지금 뭐 하는 거이, 하고 묻는 것 같았다. 나는 숲의 정중앙이라 생각되는 지점에서 고개를 젖히고 하늘을 올려다보았다. 얼핏 우듬지와 하늘이 보이는가 했더니 현기증이 나서 기둥 굵은 전나무 하나를 꽉 끌어안았다. 나무에서는 내 몸처럼 온기가 느껴졌고 내 발에서도 뿌리가 내리는 것 같았다. 이게 준이 말하던 중력인가. 중력은 과학 시간에 배웠고 준과 복습도 했다. 중력 때문인지 바보처럼 눈물 한 방울이 찔끔 나와 아래로 툭 떨어졌다.

| 발문 |

조각보의 겉감과 안감

구효서(소설가)

 한 권의 책이 이제 막 세상에 나옵니다. 방희진의 소설집 『패치워크』의 탄생입니다. 탄생이라는 말은 이전에는 없던 것에 붙이는 이름으로 어울립니다. 물론 이전에도 소설집들은 있어왔습니다. 이전에도 사람은 많았고, 강아지도, 꽃들도 북적댔던 것처럼 말입니다. 하지만 그것들 하나하나에는 보통명사로는 다 아우를 수 없는 개별성이라는 남다른 빛깔이 숨어 있어서, 매년 꽃 피우는 쑥부쟁이를 다시 가만 들여다보며 세상에 없던 새로운 가을이 왔음을 깨닫게 됩니다.

 그런 가을꽃을 맞이하듯 『패치워크』를 받습니다. 무슨 이야기들이 들어 있을까. 궁금하고 설레기 전에 떨리기부터 합니다. 글 쓰고 읽는 일을 오직 한 가지 직업으로 삼아온 저입니다만, 그래서인지 책을 펼치기도 전에 작가가 글을 쓰며 느꼈을 고뇌와 기쁨의 시간들을 손끝의 저릿한 열기로 먼저 느낍니다. 한 송이 쑥부쟁이가 새로 피어남으로써 세상 또한 이전과는 다른 세상일 터이기 때문입니다. 제 손에 닿은 누군가의 소설집이 저에게는 그런 의미일 수밖에 없습니다. 삼가 부탁건대, 평생이라고 할 만큼의 세월을 읽고 쓰며 아득히 건너온 사람의, 소설에 대한 경의쯤으로 봐주시길 바랍니다.

『패치워크』를 펼쳐 첫 단편 「늦봄」을 읽습니다. 인상에서 오래 지워지지 않을 것은 아무래도 작품 중에 등장하는 칼일 것 같아요. 소설에서 칼이 등장하면 소설 전체에 긴장이 흐르잖아요. 그 칼은 결국 쓰이고 말 텐데, 언제 어떻게 쓰일까 조마조마합니다. 더구나 그 칼은 식칼입니다. 쿠팡에서도 식칼이라 하지 않고 주방칼이라거나 식도라고 하더군요. 식칼이라는 말의 느낌이 본디와는 다르게 험해져서 그런가 봅니다. 그런데 「늦봄」의 식칼은 더구나 무쇠 식칼이에요. 맘 단단히 먹고 읽지 않으면 안 되겠구나 싶었지요. 큰일이라도 날 것 같았으니까요. 하지만 그 무쇠 식칼의 용도를 알게 되고 나서는 작가에 대한 신뢰가 더 깊어집니다. 아, 식칼을 이렇게 사용하는구나. 전남편의 망할 놈의 의심을 끊어낼 뿐만 아니라 진주 본인의 흔들리는 천성마저 끊어내는 데 쓰니까요. 아무도 다치게 하지 않으면서 새로운 삶의 시간을 견인하는 데 쓰인 거죠. 다소 늦은 감이 없지는 않지만 식칼은 늦봄이 초여름이기도 하다는 '새로운 발견'으로 진주를 한발 내딛게 하는 고향 대장간의 명품인 것입니다.

「친한 사람들」에서는 니은이라는 이름의 여성이 나오네요. 니은은 결혼도 이혼도 안 한, 칼 대신 펜을 사용하는 사람입니다만 어쩐지 「늦봄」의 주연 배우가 다른 배역을 맡아 연기하는 것처럼 느껴지기도 합니다. 니은은 더 가고 싶었던 학문의 길을 접고 출판 편집 프리랜서로 일하네요.

그런데 「친한 사람들」을 읽어가다 보니 무언가 좀 더 분명해지는 점이 있습니다. 니은도 진주처럼 여성인 데다 일테면 약자처럼 보이기는 합니다만, 그것이 이른바 사회적 약자는 아닌 것 같다는 점입니다. 그러니 약자에 대한 이해와 공감, 더 나아가 약자 편에 서보자, 이런 이야기도 아닌 것 같습니다.

「늦봄」에서는 '강재'라는 망할 놈의 남자가 있어서 여성인 진주가 사회적 약자로 보일 여지가 아주 없지 않습니다만, 「친한 사람들」에 등장하는 니은, 비읍, 시옷은 전부 여성인 데다가 말 그대로 '친한 사람들'입니다. 친한 여성 대 여성의 이야기라서 니은을 젠더 이슈에서의 약자로 볼 수 없을 것 같다는 말입니다. 그래서 「친한 사람들」의 문제의식은 '친한'에 방점이 찍힐 때 드러나지 않을까 싶은 거지요. 친한 사람들이라고 하지만 과연 친하다는 게 무얼까. 본문에도 다음과 같은 문장들이 지나갑니다. '그녀에 대해 참 아는 게 없다는 생각이 들었다.' '연구자로서의 그녀에 대해서는 알고자 한 적도 없었다. 그건 시옷에 대해서도 마찬가지였다. 그렇다면 그들은 나에 대해 무엇을 알고 있을까. 친한 사람의 조건이 전면적으로 서로를 알거나 수용해야 한다는 의미는 아니었다.'

인용된 문장으로 보자면 '친한 사람의 조건'에 관한 소설처럼 보일 수도 있습니다. 하지만 부분인용에 지나지 않고요, 끝까지 읽어보니 외려 '친하지도 않은데 친하다고 여기는 까닭은 뭘까?'라고 궁금해하는 소설에 가까워 보였습니다. 실제로 니은은 공부, 돈, 남자, 일과 관련하여 비읍으로부터 수차례 모멸을 당했다고 느끼거든요. 그랬음에도 니은은 비읍의 부탁과 알선을 거절하기는커녕 고마워하고, 비읍의 맺힌 데 없이 활달하던 웃음을 다정한 문체로 예찬하려는 자신의 마음에 '진심'이라는 표지를 답니다. 그들에게는 직장 동료로서 함께한 젊은 시절이 있기 때문일 겁니다. 하지만 세월을 지나오면서 비읍 시옷도 니은도 변했겠지요. 변했지만 지적 세계에 대한 동경이랄까, 공통분모가 자신들을 결속한 '힘'이었다고 말합니다. 그러면서도 정작 그것에다가는 허영이라는 이름을 붙입니다. 진심과 힘이 허영이라니요. 흥미롭습니다. 여성 간의 위계도 그렇고요.

그래서인지 저로서는 좀 복잡해집니다. 『패치워크』에 실린 소설들이 이른바 여성서사로 불리는 범주의 것들이 아닐까. 슬슬 독후감 쓸 자신이 없어졌으니까요. 나이 든 남자가 읽어내기에는 버거운 텍스트일 것 같았으니까요. 얼마 전 OTT를 통해 절찬리(보세요. 저는 이런 말을 쓰는 세대입니다)에 배포된 두 여성 인물 〈은중과 상연〉의 이야기도 헉헉거리며 따라갔으니까요. 중간중간 되돌리기를 거듭하면서 끝까지 다 보기는 했습니다만.

조금은 겁을 먹고 서둘러 여자 둘이 등장하는 작품을 읽어보아야 했습니다. 혜린과 정선의 「패치워크」 말입니다. 기억의 조각보를 맞추어나가는 이야기라서 제목을 그리 지은 것 같습니다. 작품 말미로 가니 혜린과 정선만의 이야기가 아니었습니다. 혜린과 정선의 중간 매개자처럼 보였던 진영이 삼각형 세 꼭짓점 중 하나가 되더군요. 정선의 팔찌를 훔쳤던 것은 혜린이 아닌 진영이었으니까요. 그 훔친 팔찌를 나중에 혜린이 슬쩍 가져가게 되는 구조. 훔친 물건이 어째서 주인에게 되돌려지지 못하고 제삼자인 혜린에게로 흘러갔을까를 묻는 소설 같아요.

진영이 훔치고 싶었던 것은 팔찌가 아니었던 것 같습니다. 정선에게서 훔치고 싶은 것, 즉 부러운 것이 따로 있었으나(정선의 연인이라고 했지만 어쩌면 정선 자체의 조건들까지?) 훔치는 게 가능하지 않자 대신 팔찌를 훔친 거지요. 정선의 팔찌가 혜린의 수중에까지 들어가는 원리도 마찬가지고요. 상대에게 상실감을 안김으로써 왜곡된 승자의식이나마 얻게 되고 부러움을 상쇄할 수 있다고 여겼을 테니까요. 현재는 정선이 오히려 진영과 혜린을 부러워할 형편이 되었지만 한때는 그들의 부러움을 샀었고, 팔찌 사건은 그때 일어난 일이었습니다.

부러움, 심지어 고마움에도 그런 왜곡된 방식으로 대응하는 기이한 사례가 「패치워크」에 짧은 에피소드로 등장합니다. 진영의 부모가 진영의 등록금을 내준 정선의 아버지를 향해 욕하고 돌을 던지지요. 『패치워크』가 여성서사의 범주에 국한하지 않는다는 사실을 여기서 짐작할 수 있습니다. 『패치워크』는 우리들 내부에 도사린 기이한 심술이나 심보 같은 것을 작가가 두 손으로 가만히 떠올려 볕에 내놓는 것 같아요. 그 애꿎은 것이 발각되게 하여 고발하자는 게 아니라, 그걸 통해 우리 자신을 더 들여다보고 잘 알자는 뜻이겠지요. 부러워 훔치고 고마워 욕하는 기이한 심사 뒤에 어떤 나약한 자아가 할딱이고 있는지를 안다면 타인에게든 자신에게든 미움보다 먼저 측은지심이 일겠지요. 늦봄이 초여름이기도 하다는 '새로운 발견'으로 진주를 한 발 내딛게 한 것이 식칼이었듯, 연민과 수치심도 새로운 삶의 지평으로 발 내딛게 하는 모종의 실마리가 되겠지요.

「디드로의 가운」을 읽습니다. 여기서는 남자 화자와 여자 화자가 공평하게 시점을 가져가는데, 세오라는 남자 참 답답하네요. 미란에게 변화가 필요하다며 주제넘게 집까지 다 고쳐줄 심산이잖아요. 돈도 없고 '변환 스위치'도 없어 만날 그 모양 그 꼴인 사람이 말입니다. 더욱 답답한 것은 세오라는 빚쟁이는 '미안하다'고 해야 할 순간에 '고맙다'고 말해서 전처의 복장을 터뜨린다는 점입니다. 미안함을 숨기고 인정하지 않기 위해 고맙다는 말로 도망친다는 사실을 세오 자신은 아마도 모르는 듯합니다. 모를 뿐만 아니라 진심으로 고맙다고 생각할 겁니다, 아마. 심각합니다. 미안한데 고맙다고 하는 것은 고마운데 욕하고 돌 던지는 것처럼이나 심각합니다. 부러워하는 대신 팔찌를 훔쳐 사람을 실의에 빠뜨리는 것만큼이나요.

언젠가는 이들도 자신들이 왜 그래야만 했는지를 알게 될 날이 오겠지요. 그러면 역으로 수치심이 새로운 각오를 다지는 데 큰 '힘'이 될지도 모르겠습니다. 끝내 스스로 알지 못한다고 해도 그들은 자신들의 왜곡된 심리를 적어도 독자에게는 보여주잖아요. 거기까지만이라 할지라도 소설은 할 일을 다 하는 거라고 생각합니다.

「이불」에서 '나'는 허물어지기로 작정을 합니다. 하지만 허물어진다는 게 말처럼 쉬운 일도 아니지요. 그래서 어쩌다 '몸인지 마음인지 한구석이 허물어지는 느낌'이 들면 '나'는 속이 후련해

집니다. 이분은 왜 이럴까요. 죄를 지었다면 딸의 생일에 소개팅을 부추긴 것뿐인데 극심한 죄책감을 느껴야 겨우 살 만해지는 사람입니다. 사랑하는 딸이 바로 그 생일에 사고로 죽었거든요. '나'는 지독하게 고통스러워 죄책감을 느끼고 허물어질 때라야 간신히 숨을 쉽니다. 비틀림도 참 슬픈 비틀림입니다.

그런가 하면 「일곱 발짝」의 '나'도 비틀렸습니다. 비틀림을 호도糊塗라고 해도 될까 모르겠습니다. 속이거나 감추는 것 말입니다. 남에게나 자신에게나. 사람들 앞에서 청소부 엄마를 모른 척하기 위해 과거 대학 시절의 연극반 경력까지 끌어다 대는 지질한 남자가 '나'입니다. 그러고 보니 「일곱 발짝」의 인물들은 전부 남자네요. 물론 희연과 엄마가 등장하지만 이 작품에서는 공연히 손톱에다가 화를 내고 안방에서 주방까지의 거리가 일곱 발짝밖에 안 된다는 것에 까칠해지는 '나'가 있습니다. 그리고 아내의 벌이에 의존하는 걸 참지 못해 술만 먹다 죽는 엄마 동료 남편도 있고요. 도박 빚을 도박으로 갚으려 하다 실패하자 그게 무슨 양심 있는 자의 행동인 양 강물에 투신하는 '나'의 아버지가 있지요. 손톱과 일곱 발짝이 무슨 죄인가요? 술꾼과 노름꾼이 술과 도박을 원망한다는 게 말이 되나요? 그런데 원망을 하지요. 목숨을 걸면서까지 자신이 아닌 다른 무엇에다 잘못을 뒤집어씌웁니다. 그냥 웃고 넘길 호도가 아닌 것 같네요. 쓸쓸하지만 어처구니가 없습니다. 한편 「일곱 발짝」에서는 피에르 부르디외의 구별 짓기가 떠오르기도 합니다. '나'는 손톱무좀이 깊어지도록 의식조차 못 한 사람이고 희연은 기분 전환이 필요하면 네일숍을 찾아가 손톱을 다듬는 사람이지요. 희연은 문화자본까지 물려받은 인물입니다.

「꼭꼭 숨어라 머리카락 보일라」에서 진모는 아무래도 자신과 술래잡기를 하고 있는 것으로 보이네요. 엄마의 애인인 '삼촌'을 못 받아들여요. 진모가 저러는 거 이해 안 될 것도 없지요. 아빠의 유품들을 아직 버리지 못했는데, 즉 아빠의 상실에서 벗어나지도 못했고 아동복가게가 어디에 있는지 묻는 아줌마에게 횡단보도 건너편의 매장을 알려주잖아요. 그래서 마음이 비틀어지며 어디로 도망쳐 숨어버리고 싶은 거겠지요. 숨고 싶지만 감시하고 싶기도 하고, 세상에서 받아들여지기 힘들 엄마와 '삼촌'의 관계를 생각하며 불안해하기도 합니다. 늘 날아가고 싶다고 노래했던 진모지만 가끔은 준의 〈그래비티(중력)〉라는 노래를 떠올리며 이제는 내려앉아야 하는 거 아닐까 번민을 하니 영락없이 혼자 하는 술래잡기 같지요. 역시 여기서도 긴 척 아닌 척이라서 숨은 게 진모인지 찾는 게 진모인지 아리송합니다. 또한 중층적으로는 엄마가 꼭꼭 숨길 바라는 마음도 엿보입니다.

이런 힘, 튕겨져나가거나 아닌 척 시치미떼거나 외려 복어처럼 몸을 부풀려 공격적으로 방어하는 힘을 「일곱 발짝」에서는 '터무니없이 비대했던 어떤 의식'이라고 하네요. 어쩌면 몰락한 자신들을 지켜내고자 했던 과잉된 자존심일 수도 있을 테고요. 이 '비대한 의식'을 '나와 엄마가 세상을 감당한 힘'이라고 합니다만 곧장 고백하네요. '엄마와 내게 응원군이던 그것이 고작 서향볕에도 허물어지는 보잘것없는 것이었다'고요. 그리고 그게 '조금 슬펐다'고요.

그런데 저는 이런 슬픔이라면 그닥 나쁘지 않은 슬픔이라고 생각해요. 이 슬픔이 슬픔으로만 끝나지 않을 것 같으니까요. 앞에서 '연민과 수치심도 새로운 삶의 지평으로 발 내딛게 하는 모종의 실마리가 되겠'다고 말한 까닭도 그 때문입니다. 정말로 심각한 슬픔은 자신이 어떤 딱한 지경에 빠져 있는지조차 모르는 슬픔 아닐까요.

이제 좀 알 것 같아요. 「친한 사람들」에서 어째서 진심과 힘을 허영이라고 했는지를요. 그런 진심과 그런 힘이 허영이라는 걸 아는 사람에게는 허영이 새로운 진심과 힘이 될 수 있을 테니까요. 이 도란도란한 역설逆說들이 바로 방희진의 『패치워크』가 성취하고 있는 남다른 개별성의 빛깔이 아닐까 저는 생각합니다.

작가의 말

살아오면서 이사를 참 많이 다녔다. 상황에다 역마살이 한몫했다. 어느 해인가는 이삿짐에 걸터앉아 최후의 집은 결국 무덤이겠지, 라며 제법 철학적인 사유까지 했다. 오래전 이야기다. 지금은 한곳에서 이십 년을 살았고, 세상이 달라져 대부분 다른 형태의 집에서 영원한 잠을 잔다.

소설집에 수록된 작품들은 한때 살았던 집이나 동네가 배경이다. 「이불」만 부모님이 말년에 사시던 아파트를 떠올리며 썼다. 작정하고 선정한 건 아닌데 나중에 보니 그런 공통점이 있었다. 지나온 장소를 기억해주고픈 애틋함이 무의식중에도 작동했던 것 같다. 그곳에 살던 이들의 말과 풍경이 소설 안에 적지 않게 흩뿌려져 있으니까.

뒤늦게 첫 소설집을 내며 기쁨보다는 괴로움이 더 컸다. 의미를 따지는 평소의 습관대로 이 책에 대해서도 뜻있는 뭔가를 자꾸 찾으려 들었기 때문이다. 결론은 얻지 못했다. 다만 먼 길을 가는 사람이 첫발을 떼면서 호들갑부터 떤다는 생각이 들었다. 일단 끝까지 가보기로 했다. 그러니 용감하게 첫걸음을 내딛자, 이 책의 의미를 입증하는 알리바이로 그만큼만 주장하자 마음을 다졌다. 나중에는 나중의 알리바이를 준비할 테지만.

부족한 글에 발문을 써주신 구효서 선생님, 추천사를 써주신 손홍규 선생님께 감사드린다. 오랜 벗 유경희 편집자와 디자인을 맡아준 최정미 님에게도 고마움을 전한다. 내 몫의 목화솜을 스무 해나 보관하셨던 부모님께는 어떤 인사를 바쳐도 모자라다. 체호프식 유머로 웃게 해준 동네 이웃들, 주간지를 마감하고 귀가하던 심야의 좌석버스에서 만난 기사님 등 책이 그들에게 전하는 안부였으면 좋겠다. 차 한잔을 마주하고 묻어둔 속내를 나누듯, 이 글이 가닿는 누군가에게 잠깐이라도 공감의 기회가 된다면 더없는 영광이겠다.

2025년 12월
방희진

패치워크
ⓒ 방희진 2025

1판 1쇄 인쇄 2025년 12월 1일
1판 1쇄 발행 2025년 12월 5일

지은이　방희진
펴낸이　방재숙
편집　유경희
디자인　최정미

펴낸곳　나루서가
출판등록　2024년 7월 2일 제2024-000143호
주소　10212 경기도 고양시 일산서구 덕산로 282
전자우편　narubooks24@naver.com
인스타그램　www.instagram.com/naru_250821
인쇄 및 제본　한영문화사

ISBN 979-11-990108-7-1 03810

이 책의 판권은 지은이와 나루서가에 있습니다.
이 책 내용의 전부 또는 일부를 재사용하려면 반드시 양측의 서면 동의를 받아야 합니다.

이 도서는 2025년 문화체육관광부의 '중소출판사 성장부문 제작지원' 사업의 지원을 받아 제작되었습니다.